刘应 著

天津出版传媒集团
天津人民出版社

图书在版编目（CIP）数据

愿你余生鲜衣怒马 / 刘应著. -- 天津 : 天津人民出版社，2020.1（2021.9 重印）
ISBN 978-7-201-15296-7

Ⅰ. ①愿… Ⅱ. ①刘… Ⅲ. ①散文集—中国—当代 Ⅳ. ① I267

中国版本图书馆 CIP 数据核字（2019）第 217887 号

愿你余生鲜衣怒马
YUANNI YUSHENG XIANYINUMA

出　　版　天津人民出版社
出 版 人　刘　庆
地　　址　天津市和平区西康路 35 号康岳大厦
邮政编码　300051
网　　址　http://www.tjrmcbs.com
电子邮箱　reader@tjrmcbs.com

责任编辑　张潇文

特约编辑　李　路　何沁泉
排版设计　刘昌凤
封面设计　钟文娟

制版印刷　合肥市星光印务有限责任公司
经　　销　新华书店
开　　本　880×1230 毫米　1/32
印　　张　8
字　　数　197 千字
版次印次　2020 年 1 月第 1 版　2021 年 9 月第 2 次印刷
定　　价　59.80 元

目 录

关 于 爱 情

关 于 友 情

关 于 亲 情

关于爱情

青春，其实很简单。

收起幼稚，打开光洁、明亮的梦想，我的青春不用更多的词赘述。

简单没有什么不好，比如温暖，比如爱。

谁的青春，都可以有传说。

早晨起来，把自己铺成一张白纸，任年轻的自己在里面泼墨挥毫；夜晚，青春变成了五彩的海贝壳，疲倦的我们往里面加上一些诗意的东西，星星、月亮、萤火虫。

南方以南，以一朵不败的花的姿态迎接他的明天。

爱情不是委曲求全，也不是肆无忌惮。

爱情不是委曲求全，也不是肆无忌惮

一

举止礼貌，谈吐文雅，是因为彼此陌生，等熟了以后，就会肆无忌惮。爱发脾气，是因为依赖对方，如果变得陌生，立刻独立起来。

和喜欢的人一起相处，我们可以肆无忌惮，而且关系越铁我们互损的程度越深，想到什么就说什么，不想说也就不说，不怕别人有什么忌讳，也不怕别人会把那些话给传出去，即使有的时候我们说错了什么话，尴尬和间隙也会在几句玩笑话中瞬间冰释。

和不喜欢的人一起相处，大多数情况下没有想沟通交流的欲望，见到他的本尊好像说话的权利已经被剥夺了，即使别人做错了什么，自己想着多一事不如少一事，不想去提醒，也不愿意去管。

你不喜欢的人，即便是他做了多少让别人和你都看起来很感动的事情，甚至到了把心都掏给你的程度，可是你仍旧不会喜欢这个人，那是因为，感动不等于感觉，而感觉也不等同于感情。反之，如果是遇到自己喜欢的人，你尽可能给他自己所拥有的一切，甚至也把心掏给人家，你也不觉得会有疼痛。

二

心情不好的人，总会转移自己的注意力，把某种事物当作自己宣泄情感的对象。文学作品和艺术作品之所以能够引起大多数人的共鸣，是因为听的人和看的人能够在里面找到和自己的相似的经历。有时候不用刻意地去想一个人、一件事情，当我们听一首歌，看到某一句歌词，看一部电影，甚至只是看到几个特别的字时，都会自然而然唤起你的记忆。

在爱情里，换位思考是没有用的，如果你发现喜欢上了一个不喜欢你的人，就要你去接受一个喜欢你而你不喜欢的人，那是不可能的。

这个世界根本没有所谓的感同身受，因为不可能找得到所有外部环境完全相同的两个人，所以，不要轻易地就向别人袒露自己的一切，一来不止你一个人有故事，二来那极有可能会成为你以后的软肋。

三

我们总是在最无能为力的年纪遇到最想照顾的人，然而充满戏剧性的是，这个人常常不喜欢你。单恋虽然在所有的恋爱中看起来是很痛苦的，但其实真正喜欢一个人时，即使他不搭理你，而你只是跟在他的后面，远远地看着他的背影，也是一种很大的幸福。

人们都说，喜欢上一个人的感觉是觉得自己配不上他。陷入爱情泥淖的人，其中一方的智商肯定会下跌，但要是他们结束了爱情，那么智商会瞬间跃升。恋爱中的人，像个刚刚学走路的孩子，认为所有的东西都应该是我的。

以前结婚讲究门当户对，我觉得，应该是两人的三观讲究门当户对，经过一段磨合期之后两人的性格习惯越来越相似。应该是两个势均力敌的灵魂互相对话，如果有一方的灵魂赶不上另外一方，这就好比一个小学生和一个博士生在一起对话一样，除了让小学生瞠目结舌之外，没有其他的表现。所以，爱情不是一方委曲求全，也不是另一方肆无忌惮。

四

千万不要认为他人是个傻子，只有自己最聪明，以为自己玩的心机别人全不知晓，其实很多时候我们对于所谓的敷衍全都了然于心，只是为了保全他的面子而不有意说破，不然我们这几十年的日子不就白活了吗？是真心待我，还是虚情假意，我们还是能够看得明白的。

人有时候真的特别奇怪，你对他好，对他做了十件事他可能觉得理所当然，甚至察觉不到你的好，但是如果你忽然有一天对他不好了，他就立马觉得你这个人对他根本不上心。

有的时候人也很乖戾，通情达理的你某天突然拒绝了别人，甚至是开始以牙还牙时，别人反而更加敬畏你，善良到任何事情都认同和接受，都去帮助别人是不好的，要学会拒绝别人，无情一点总没错。

五

我们要永远记住一个人的名字，只要看见这个人七次以上即可，我们学会给自己的心灵增加护盾，只要被辜负七次以上即可。这种护盾的作用相当明显，不仅能够抵御所有的恶意，而且也能把一些善意抵挡在外。

无论是面对亲情、友情还是爱情，都是不断地送别，不断地遇见，如果我们只是过分沉溺于往事与故人，那么我们的生活是不可能开启新局面的。

有的人一旦离开，其实就是一辈子，你们不会再出现任何交集，你们不再联系，可能会互相保持着对方的联系方式，但从不会主动联系，不会再去打扰他的生活了。万一某天在街上遇见，恐怕连互相寒暄的勇气都提不起来。

日常生活中的简单对白往往在离别以后才会彰显出它的意义，让人莫名地产生一种渴望。说再见的时候，我们都很潇洒，尽量表现得很不在乎，把一切情绪都内藏于心，其实我们都知道，有的人说了再见以后，意味着遥遥无期。

六

贫穷和失败是检验一段感情是否真实的最佳标尺，而金钱是检验感情是否长久的试金石。杨绛先生说得很对 :“唯有深处卑微的人，最有缘看到世态人情的真相。一个人不想攀高就不怕下跌，也不用倾轧排挤，可以保其天真，成其自然。潜心一志完成自己能做的事。”

富贵固然和情感的好坏无关，但是贫穷却最能考验情感的真假。我们常说一个男人怕老婆是没有地位，其实也可以理解为这是一种尊重。尊重并不是在财富对等、职位对等的情况下才存在，也从来都不是体现于嘴上的油腔滑调，而是发自内心的忠诚。

但我们要明白，每个人处理感情的方式不一样，有的人是先甜后苦式的，在没有得到你之前，对你百般好，处处殷勤，一开始你们相互恩爱，如胶似漆，但是得到你以后，新鲜感瞬间消失殆尽，对你越来越冷漠，最后变得讨厌，很快就分手了。有的人是先苦后甜的，这种人是慢热型的人，接触的时间越长，你们之间的新鲜感越来越强，他会对你越来越好。一开始就对你好的人，是为了得到你，一辈子都对你好的人，是为了陪着你走完这辈子。

一个女人若是真的喜欢你，她根本就不会在乎你是富有还是贫穷，你可能无法想象一个女生愿意和你同甘共苦的决心。贫穷向来都不是爱情路上的绊脚石，但不可否认的是，如果她在你的身上看不到任何希望，那才是她最害怕的东西，同样，如果你是一个不求上进的家庭财产的继承人，她在你的身上看不到谦虚和正直，她也会毫不犹豫地离开你。

七

两个人吵架时，女人往往就能看出一个男人的担当，看出他爱的程度，这并不取决于他给你花钱的额度，而是你们两人吵架时，他体现出来的风度，也就是尊重你的程度。

当一个人开始收敛脾气，开始降低找对象的标准，那么意味着，这个人是想真正安下心来成家立业了，当我们发现朋友圈结婚的人越来越多，晒对象晒孩子的同龄人越来越多，意味着你跟你喜欢的那个人是不可能了。

大多数时候，我们评断一个人的成功，只是看最终结果，比如要是你追上了校花或者校草，那么你会成为很多人羡慕的对象，可是要是你失败了，无论做事还是恋爱，基本上很少有人会去在乎你的汗水，没有人会留意到你的努力。倘若你成功还好，别人会帮你吹捧宣传，以此为范本教育身边的人或者是自己的孩子；倘若你是失败的，那么你之前的所有努力都会全盘否决，仿佛你从没有做过什么事情似的。

你所透露出来的若无其事，你脸上的镇定自若，谁会看得见其实你的牙齿咬得很紧。你走路神采奕奕，带着风，谁会看得见此时你膝盖上的疼痛。

我们不可能让所有人都满意，不然那得有多累，我们要想尽可能让大多数人满意，只能在别人看不见的背后极其努力。

爱情是光鲜与凋敝的结合体

一

在网上看到精神分析前辈吴和鸣老师是这样说婚姻真相的，颇为有趣。

神父：“你愿意嫁给他，深入虎穴，成为他妈他姐的替身，接受他二十八年累积的愤怨吗？”

她：“我愿意。”

神父：“你愿意娶她，把你家变成主战场，成为她爸她哥的替身，接受她二十六年累积的幻想、嫉妒和仇恨吗？”

他：“我愿意。”

神父：“现在我宣布，你们正式结仇！”

某位网友的评论如下：

神父：“你愿意嫁给他，面对他对你幻想的破灭，和他一起经历生命深处的种种丧失，承受他所不能承受的，爱他所不能爱的自己吗？”

她：“我愿意。

神父：“你愿意娶她，在她用最黑暗的部分面对你的时候，你依然可以看到后面的光芒？不被彼此的心魔诱惑，不向绝望低头？”

他：“我愿意。”

神父：“现在我宣布，双修开始！”

对话虽然很简单，但不得不说这是很多婚姻的真相。

二

在爱情里，面子这种东西是不重要的，尤其是男生。已经结婚的老前辈告诉我，追女生的精髓就是一定要死皮赖脸，死缠烂打，否则明年人家估计就成为孩子他妈了。结婚之后，更是免不了会争吵、冷战，如果两个人都是耗着，碍于面子，而不去学会道歉，那么感情可能就会从此结束。

一个很难发脾气的人，如果把所受的委屈都积累起来，到达一个临界点的时候，可能就是火山爆发式的情感宣泄，因为你根本不知道，那根最后的稻草，到底压了多少年的难过。

争吵，是解决问题最愚蠢的方式。

大多数情况下我们为了顾及自己的面子，明明是很在乎对方的，却要说：“你走吧，我一个人可以过得很好。”明明应该说：“你对我很重要，可不可以留下来？”却要说成：“我觉得我们之间已经结束了，没有什么好谈的。”明明应该说：“你能不能陪陪我，我不希望你走。”却要说成：“没关系，我可以的。”

别人如果义无反顾地再也不回头，别抱着山水始终有相逢的态度，严重的情况下，你们见了面别人也视若无物。机会这种东西，稍微一不留意就悄悄溜走了，所以，根本没有那么多的机会再相逢，也不要过分相信是你的别人根本抢不走，不是你的苦苦强求也没用，没有那么多的机会让你们重新在一起。

每种人对于爱情的观念是不一样的，而男女之间更是大有差别，有时候，当你觉得一个男人已经爱上了你的时候，其实那只是你的个人臆想，他并没有真正爱上你；当一个女人表现得你们两人是不可能在一起的时候，事实上她已经动了真心，只是没说而已。

遇到真爱这种事情，也讲究机遇，如果可以把一个人生命中遇到的人的出场顺序给调换一下，或者是把跟一个人吐露心声的时间提前或者延后，那么可能这个人的人生会从此改变。每种人接受爱情的方式不同，有的人追求的是速战速决，遇到中意的就表白，而且很成功，而有的人要等到相处很长一段时间才决定是否接受，遇到这样的人时，要善于把自己内心的激动和情绪隐藏。

三

识人用人，不全在于了解他向你显露的那一面，还在于了解他不想向你显露的另一面。既然决定要在一起，多了解一些那个将要陪伴你好几年甚至是一辈子的人是很有必要的，不然很多情侣结婚以后才发现对方潜藏的暴力点和软弱力。

如果不喜欢，那就果断一点，不要明确拒绝后还要暧昧不清，杀伐决断后又藕断丝连，情意绵绵后又见异思迁，绝情一点没有什么不好，如果是抱着把别人发展为备胎的观念始终吊着别人的情感，那么这样的人毫不顾忌他人的感受，不喜欢别人就痛痛快快地下决断，短暂的伤痛总好过长久的折磨。

反过来也是一样，别人的果断决绝、杀伐决断虽然看起来是如此不近人情，对你来说何尝不是一件好事呢，不然你得花多长时间才能走出这段阴影。决绝一点没有什么不好，我们对于这些人，不应只有恨，也应心存一丝感激。

一段感情的逝去，并不意味着你是一个失败者，因为从这段感情中至少你学到了很多东西，也留下了很多星光，总会在你开启下一段感情的路时，为你充当前进的指明灯。

在找到自己的真爱之前，一路上都是结束、遗忘、开始，循环往复。

当一个人决定放弃的时候，别人说再多也不可挽回，态度是如此的坚决，因为你可能不知道，这次放弃酝酿了多久，各种平日的失望和委屈累积起来的时候，就在悄无声息中放弃了，没有泪水，没有声音，更不想和你吵闹。

真正忘记一个人，不是把他所有的联系方式都删了，就表示彻底忘却了，而是依然留在列表里却不再引起任何情绪，对于对方的一切，不再牵挂，也不会诅咒，而是祝福，仍旧希望他生活的地方天空很蓝，阳光很暖。

四

到了二十岁以后，我们会逐渐明白，自己已经过了躲在被窝里和一个刚加的陌生人聊得热火朝天的年纪，我们也会渐渐懂得，其实每天有人和你聊天，是一件莫大幸福的事情，无论是友情还是爱情，你都会越来越依赖这个人。我们离不开的不是别人陪自己聊天的感觉，实际上是离不开和你聊天的那个人，不想理的人每天都找你聊天，那种感觉就像是希望赶紧找个话题终结，甚至是明明看到了信息却懒得回复；而对你很重要的人，无论你是在工作还是在吃饭，甚至是上厕所的时候，都会翻一翻生怕漏掉关于他的任何信息。

年少的时候，我们总是钟情于追求轰轰烈烈的感情，到了一定的年龄，猛然发觉，那种携手看日落、看繁花凋零的烟火爱情早已不屑，也不再疯狂地迷恋于一个人的容颜，需要的只是一个你离不开的人。

十八岁的爱情，是最刻骨铭心的，爱就深爱，恨便久恨。

爱我们的人，教会了我们如何去爱别人，我们要为他们活得有声有色；恨我们的人，也让我们发现了自身的不足，我们也没必要为他们活得闷闷不乐。

我们常常会见到或者听到这样的故事，那些天冷了让你多穿点衣服、感冒了让你多喝水的人、累了就对你说好好休息的人，只是嘴上心疼你而已，根本就不如冷了给你买衣服，感冒了帮你买药，心累了陪伴在你的身边的人。有的人并没有你想象中的那么在乎你，也没有别人看起来那么喜欢你，因为很有可能在同一时间，他也对不一样的人说过同样的话，仅仅只是他恰好在那个时间看见了，这么说而已。

五

在这个竞争日以激烈的年代，每天难免会遇到一些不如意的人和事情，我们总是听到“要是当初我努力学习多好，努力工作多好”、“要是我努力一点那么他就会爱上我了”之类的话。其实，就算你现在真正能够回到过去，我敢保证你依然会是现在这个样子，或者还不如现在，因为我们说那些如果当初的时候，根本就没有考虑过去那个时间的外在因素，一个不努力的人回到过去能努力吗？

如果我们一不开心、一遇到挫折，就逃避现实，寄希望于“如果当初”，那么你不仅回不去，还会徒增诸多烦恼，最好的生活方式是：我现在的工作就是我所热爱的，现在的时间是最宝贵的，现在的人是我最爱的，这样才能活好当下。

社会没有绝对公平的事情，但是上帝对于万物是公平的，他给你关上一扇门，肯定会给你重新打开一扇窗，可能你前半生碌碌无为，但是谁能保证你不是大器晚成。就连魔都上海也都会有臭水沟，也会有低房矮瓦，因为每一件事物，都是光鲜和凋敝的结合体。即便是指点江山的政客，他的性格里也藏着懦弱的成分。万物皆有裂痕，因为那里会有阳光透进来。

所以，任何一种事物，都是光鲜与凋敝的结合体，决定爱情是否能够形成并长久的不是容貌、年龄、地位、权力这些东西，虽然我们曾一度惊讶于二三十岁的人与六七十岁的人结合，但是谁敢保证别人就一定不是真爱呢？或许，他们的结合不是一时的冲动，而是其中一方被长久温暖和感动所折服。

不做爱情里滥竽充数的人

一

学会放下是一门学问，能够放下是一种生活态度，我们放下，不是因为我们舍不得了，也不是因为我们不再追求了，而是因为时间不多了，我们任性的年纪该翻页了，我们也该成熟了。至于那些从一而终追求的梦想，我们要转变自己的方式，除非是有的梦想非要保持一个样子很长时间才能实现，否则我们必须要正确认识到自己的方法存在弊端。

放下不等于放弃，这是一种跟过去作别的最佳方式，我们应该重新收拾心态，整理自己的着装向新的目标迈进。不联系，不代表你在我的心里不重要，其实，不关心一个人的生存状态，是对他最好的尊重。

有的人不喜欢给家里人打电话，并不意味着他们关系冷漠，而是自己明明过得很狼狈，还要欺骗父母过得很好，这种时候，少打电话反而不会给父母以及自己徒增烦恼。

有的友谊自从某一次分别之后，就不再联系了，其实大家都明白，每个人为了追寻自己的梦想，都要奔赴异国他乡去打拼，重新建立了自己的圈子，忙于自己的工作，朋友之间联系的重要性已经不如那些重新建立关系的朋友了，但是，这也不代表你们不再是好友，哪怕是某天你们在他乡偶遇，在故乡的街道上相遇，友谊的火花照样会擦得很亮，你们照样谈得很来。

有的爱情自从挑破关系，知道另一方已经有了一个很好的归宿之后，你们打电话的频率会骤减，甚至不再联系，但是自己明白，只要是对方某天打了电话有求于你，你也会奋不顾身地去帮他的忙。

一段爱情，需要两个人才能维持，结束一段爱情，只需要一个人开口便可以。

所有的结束，并不都是起源于大是大非的问题，而是一种积少成多的无法承受的小事。有时不经意的摩擦，会被我们瞬间放大，这时一段感情说结束就结束了，没有一点回旋的余地，想想真是可笑。

合适的人，不是你要去拼命追赶的人，也不是不用追就唾手可得的人，而是在一起相互促进，愿意拉着你一起前进的人，如果你们在一起后生活过得越来越糟，但是你们仍然相爱，说明你们都是各自生活里滥竽充数的人。

二

现代人每天大部分时间都拿着手机，除非他根本没装这个软件，或者他上班不许玩手机，不然，如果对他来说真的特别重要，你发的信息他早就看到了，要回你早就回你了，你等了很长时间的他所回的信息，并不是他酝酿了很久怎么回你的，而是他在纠结到底回不回你随便发的信息。

如果真的喜欢你，不用你找他，他想你了会主动给你打电话，经常找你聊天，毕竟他也想知道你的动态，想知道你心里的想法，他会因为你不经意之间说出的一句话而在那思考半天，总是会错把你的每一条动态都与他联系起来。如果他什么都没有做、没有回、没有说，说明你在他的心里根本就不重要。

喜欢这种事情，没有对等的，总有一个人要爱得多一点。要想一个人完完全全理解你心里的想法，感受你的痛苦，那简直是天方夜谭，这个世界上从来不存在感同身受这种事情，如果有人说出这四个字，只能说他只是感受到几分之一。要是你突然被针扎了一下，做出很痛苦的表情，别人也附和很痛，简直搞笑。

在我们每个人的手机里，都躺着一个你很清楚地记得却从没有打过的号码；每个人的QQ里，都有一个只能每天看一遍好友资料却不能添加的好友。

三

追一个人，言行一致是很重要的。设想一下：我们每天都是坐着，在那里规划着未来的蓝图，和别人谈得津津乐道，而不去思考怎么去实现，怎么用行动来实践，那么只会成为纸上谈兵的虚无者，就像写材料一样，看和写完全是不同的概念，你看了很多篇文章，可能让你写一份材料你也不知道从哪里下笔。

只要努力去做了，人生没有什么后悔的事情，梦想也终究会实现。恐怕立马会有人反驳，为什么我明明很努力了，还是实现不了自己的梦想呢？请思考一下，方式是否得当，梦想是否定得太高。无论是生活还是爱情，只要用心去经营，该来的总会来，你所要做的事情，就是在它们来的时候经营好自己，充实好自己。

感情是一种彼此感应的东西，我们为一个人奋不顾身，并不是想要他的回报，但是我们需要他的回应。这就是为什么每年都有很多慈善家无偿帮助那些贫困山区的孩子，却很想收到他们的发自内心的感谢信，而非流于形式的照搬照抄的宣言。

当你真正爱一个人，会把自己的身段放低，低到尘埃里，只要是你先喜欢的，无论对方的身世优劣、容貌美丑，你都觉得自己配不上人家。

清晨睁开眼就想见到的人，睡觉闭眼前那一刻所想的人，甚至是梦中频繁出现的人，对你而言一定是非常重要的人，要么是自己的至亲，要么是至爱，要么让你非常幸福，要么让你特别痛苦。

丢开往事，继续生活

一

我们总是喜欢回忆过去，怀念过去，觉得逝去的一切总是美好的。比如爱情，如果和现在的对象闹了矛盾，就理所当然认为要是当初我不放弃我的前任，那么我肯定会过得比现在好很多。

其实，大脑对于往事故人有一种自动过滤的功能，我们只会记得前人的好，而自动过滤掉他的坏。或许，他曾经骂过你，甚至可能对你动手动脚，只是你不愿想起而已。还有一种情况，是因为没有新的故事，才对以前念念不忘。

对于往事，人们实在是有了很多的解读和怀念，有什么可怀念的呢？我们喜欢回忆过去，并非以前的日子有多好，我们并不是怀念过去的人和事，以前的人有多么优秀，而是怀念已经既定了再也回不去的年纪，怀念当时年少的自己，还对未来保持着一颗向往之心，还有大好的年华可以用来挥霍和辜负，我们怀念的仅仅是如此而已。善于回忆过去，说明你是一个善于念旧的人，可是如果过分沉溺于往事，那么生活只会止步不前，不丢开往事，怎么知道前进的路上还有更加美好的风景呢？

二

我们现代人似乎太着急了，已经没有精力和耐性去好好经营一段感情，看了几眼对方的照片，听了几段语音，互相道过几次早安晚安，仿佛就有了感觉，继而是无可救药地爱上对方，反正大家平时都挺忙的，也没时间去谈恋爱，然后就在一起了，这样的感情来得快去得也快，喜欢了一段时间，最后因为一个落寞的眼神，几句不太中听的话，就决定放弃了。速战速决的确是胜过很多的暧昧不清，只是怕已经果断拒绝了还是会藕断丝连，情深义重又会遇上见异思迁。

在我们的人生中，选对一个伴侣比找到一份好工作重要得多。如何选对人，要看我们的眼界是否开阔。

一个人看人的眼界是否开阔取决于知识储备的多少，除了用知识来武装自己的头脑之外，还要用自己的双脚去丈量这宽阔的大地，不然，看太多的书，也只是一个呆子；在没有知识武装的前提下，走太多的路，也只是一个邮差。等你实地踏访的地方越多，你就越清楚自己到底想到什么地方去，最终会择一座什么样的城来安身立命；等你见过的人越多，无论横向还是纵向就有了参照物，就知道自己适合与什么样的人相处，选择什么样的人待在身边，不然，见到一个突然对你微笑的人，你还天真地认为他就是最佳人选；遇到一个给你转了 520 块钱的人，你以为那就是爱情。

三

无论是对象还是朋友，他们每个人的身上，都有值得别人学习的优点，但不可否认的是，他同时也会有一些让人无法接受甚至是讨厌的部分和习惯，这个世界上没有什么完美的东西或者人，正如我们每个人的一生一样，总是遇到坎坷挫折，未来的路荆棘丛生，但等我们到了一定的年纪回味以前的岁月时，会突然觉得，原来不完满才是人生。所以，不要对人特别苛刻，也不要把同一套判断法则用在所有人的身上，更不要妄自菲薄。

一个人独处或者是和几个人相处的时候，总会莫名地感觉负能量爆棚，没有什么原因，自己也说不出来到底是为了什么，在那个时间点上，什么都不想说，也不想找别人倾诉，事实上也没有人愿意听你倾吐一肚子的苦水，这个时候，不如静下心来听一听自己喜欢的音乐，看一些轻松的电影，在夜深人静的时候，不如沉下来重新认识自己，解构自己。

四

曾经看到这样一句话“谁年轻的时候没有爱过几个人渣”，在很多人的生命中，总会有这样一些必不可少的经历，在对爱情一知半解的年纪，无可救药地爱过一些人，他们曾经不同程度地伤害过你，有的还把你推入一种无法自拔、万劫不复的深渊，即便是此后彼此扬言各不相见、不再相欠，一个人在心里把对方骂尽，但是等到某天突然邂逅，你们面对面坐着的时候，你又提不起来任何恨意，这些人既是你生命中擦肩而过的过客，也是你爱情中的劫难和恩赐。

一直陪着你的人，何必要嫌弃呢？你一直陪着却嫌弃你的人，又何必留恋呢？

每个人的心里，都有一座城，那座孤城里，都会住着一个不可能的人，那个人路过自己的青春岁月，留下不可磨灭的回忆，其实多半是自己的臆想，大多数情况那个人没有做过些许关于两人感情有意义的事情，可是自己仍旧喜欢把他放在城里，搁浅一辈子。

减少无意义的爱，感受生活的明朗

无论是友情、爱情或者是亲情，很多人都是把别人的好当作是一种理所当然，不懂得感恩，这样的关系是浅薄而且脆弱的。一件小事没有顺着他的心，立刻就翻脸，一直对他好，他不会察觉，要是突然对他坏，他就会忘了你之前所有的好。

在喜欢的人面前，我们的智商降低了很多，但是当我们不再喜欢对方的时候，言行分分钟成熟过对方的父亲。结婚和谈恋爱不同，立场也不同。结婚之前的爱情，不一定都是诚恳的，尤其是在这个上了床都不一定喜欢的年代。

女孩子在经济上必须独立，要想在生活中有主导权，那么就要有自己的工作，有自己的事业，如果女人的最终目标只是当家庭主妇，那么会在婚姻中失去一定的话语权。我们在性格或者经济上不要形成依赖的习惯，否则我们的生活就要在别人的呵护下才能进行。毕竟女人再婚的成本比男人高出很多。

一个人到了结婚之后的爱情是觉醒的，有了孩子之后的爱情是牵绊的，对方出轨，为了大局考虑，为了孩子考虑，可以不追问，懒得去要一个解释，各自心照不宣，等到好感消磨得一干二净，进入冰冷的默契。

对于是否仍旧相爱，爱人是否已经出轨，其实很多问题我们的心里其实早就有了答案。当我们去询问别人该走哪一条路时，心里早就有了答案，询问别人，只不过是想听到和自己心里一样的答案，在心里给自己一种没有选错的安慰。当我们向别人咨询一个人爱不爱你的时候，也只是想听到相同的声音，这种事情自己比谁都清楚。

两个人发生冷战的时候，因为死要面子，明明爱着彼此，非要装作云淡风轻，做一些让自己后悔的事情。下雨路过对方的门前，想敲门要一把伞，敲了门以后别人一定会给你伞，但是你却宁愿淋雨也不会伸出自己的手。接着，就是完全忘记。

不要以为远行就可以彻底忘记一个人，也不要认为开始了新感情就可以彻底忘记一个人，等你走过春风十里，觉得你已经忘记那个人的时候，在接下来的旅途中看到的落雪、春风、夏月、秋雨，都会勾起你的念想。

真正的爱人，应该对自己的人生有推进作用，能够帮助你实现人生理想。能够让自己活得最像自己的那个人，必定是最爱你且也是你最爱的人。我们在高中的时候，遇到自己喜欢的人，总是会被班主任想方设法拆散，但其实最美好的恋爱，大多数都留在了学生时代，成年以后考虑太多了。

时间是很好的良药，久了自然能够看清一个人的心，久了自己也明白到底喜不喜欢，时间长了，能够消释一个人的痛苦，其实也并非达到消除的效果，只不过是自己适应习惯了而已。

人这一辈子，要是每一天都过得有意义，那么这个人是有多累，人活一辈子，只有某些时间段是觉醒的，觉得自己的心脏是在跳动的，是我们感受到活着的最好证明，要是一个人临死前回忆自己曾经的岁月竟然是一片空白，那么不如立刻死去。我们活着，其实只是活了很多印象深刻的瞬间，把这些时间加起来，恐怕只有一辈子的十分之一。

生活中的抱怨和不甘，其实并非来自别人，而是自己给自己的枷锁，这些都和别人无关，不必抱怨别人，也不必在遇到挫折时就把怨气撒到别人的身上，别人始终是别人，不可能对你的经历感同身受，大家都有自己的生活，何必为难别人。

抱怨生活的时候，可曾想过，世间万物其实都很美，只是我们向来缺少一双发现美的眼睛，即使是一个人，也要把日子经营得有声有色，天冷了，出门就要多穿一点，因为一个人生活，生病了没有别人心疼，那就要自己心疼自己。睡一个长长的觉，心烦了就听听那些喜欢的歌，减少不必要的感情投入，用心感受生活的明朗。

卡里有钱、心里有爱

幼年的时候，我们以为和自己在一起玩耍的同伴就是自己将来生活必不可少的人；少年的时候，以为吻过对方的脸就是天长地久；青年的时候，以为结婚证上的姓名就是两人白头的最佳保障；中年的时候，渐渐把对爱情的专注和感情转移到孩子的身上；老年的时候，只要身边的那个人身体安康就是对自己最大的安慰；入土的时候，才明白原来自己最真挚的爱早都留给了刻骨铭心的你。

通常，如果是真正的爱情，哪怕是粗茶淡饭也会觉得生活相当惬意；如果是凑合的爱情，尽管是锦衣玉食也不会感到丝毫高兴。遇到对的人，只想和他拥有一个很长很长的未来，以一辈子为限，哪有下辈子，只要好好经营这一生，爱一生就足够了，牵着爱情，陪你走完一生，从不辜负。

自己喜欢的东西，千万不要等打折以后再买，自己喜欢的人，千万不要非等到自己变得特别优秀之后才去追，这个世界上的很多东西，因为等待而错过。千万不要去询问别人，自己喜欢的好不好看，因为二十几岁，只要喜欢，就胜过了所有的道理。

不爱你的理由能够找出很多，工作忙，心累，不想谈恋爱，有时候给出的理由甚至特别荒诞，而爱一个人的理由很简单，说不出来为什么，就是因为爱你。

当你看到一个人对着另外一个人声嘶力竭地吼叫时，说明他们的关系还有缓和的余地，如果你看到一个人逐渐对另一个人冷漠，一句话也不想说，那可以想象那个人绝望到什么程度，他们已经没有回旋的余地。

一厢情愿的人，对方就是自己生活的一切，你会偷偷关注他的动态，偷偷保存他的每一张图片，甚至他发的每一条朋友圈，都会自觉地与自己联想到一块，会喜欢他所喜欢的东西，会看他推荐的电影，等到你不再喜欢他时，一切归于平静，趋于正常。

一个不够成熟的人，把他心里的想法都写在了脸上，这种人最容易得罪人，也最真实，当我们心里的想法和脸上的表情不再同步的时候，我们越来越接近成熟，也离童真越来越远。

小孩子的幸福莫过于：兜里有食、家有玩具、不写作业；青年人的幸福莫过于：手机满电、卡里有钱、心里有爱；老年人的幸福莫过于：儿孙绕膝、身体健康、平平安安。

没羞没臊地去爱一个人，经营好一段爱情并不容易，在爱情法则里，善说巧做是有一定取胜砝码的，但是如果只是隔着网络花言巧语，只说不做，或者做了不说，都无法真正获得爱情，当对方说“我难受”，如果你的态度是“你在哪我马上到”，这远远胜于“难受就躺着”。

可是，善说巧做实在太难。无论你做得有多好，总有人在背后说三道四，其实，我们要换一种角度看待问题，正是因为你足够优秀，才会招来那么多的闲言碎语。当别人说你的时候，如果你立即以其人之道还治其人之身，这是一般人的做法；如果你微笑回应，并努力证明自己，还尽可能地帮助他，这是对他最好的惩罚，也是最高明的蔑视。

经营一生与经营爱情同样困难。我们大多数人的人生都把日子过反了，本该是拥抱快乐，以玩为主的童年时期，却被父母以孩子不能输在起跑线上为借口而抹杀；本该是努力奋斗的青年时期，又被各种游戏和琐事所取代；到了中年时期，本该是到了该松一松神经，为了家庭却又拼命加班挣钱；到了老年时期，本该是儿孙绕膝，享天伦之乐，却又整日忧心于儿孙的一切。一个人最好的状态，是该在做什么事情的时候就做什么事情，该玩就玩，该学就学，看见优秀的人要欣赏，向人家学习，看见落魄的人不讥讽，有一两个能够坚持一辈子的兴趣。

未来的日子，充满了未知，我们在规划自己未来的时候，应该明白，即便你把未来的一切都考虑到了，规划到了，未来还是有很多的变数，我们不可能把每一步要走的路都盘算得很清楚，不可能按照图纸去施工，何必要给自己增加压力呢。只要真正努力了，竭尽全力了，用心去做了，那么一切都会水到渠成，不必强求。

小时候的梦想是做大人，长大了的梦想是做回小孩。因为成年以后，很多时候都不能由着自己的性子来做事，不能情绪化，也不能随意地就发脾气，遇到错误也不能时时都敢指出。

与其痛苦地混得长久，不如痛快地少活几年。光明正大总好过委委屈屈，畏畏缩缩，随时可以甩脸子总比处处装正经好得多。

这个时代，除了少部分人还身体力行大男子主义之外，现在大部分婚姻中的男女都应该有自己的事业，没有谁有权力规定和限定对方的生活方式，谁都有选择和主导命运的权力，女人不一定非要相夫教子、不用工作，男人也不一定非得在外挣钱。两人应该都有各自的事业，回家以后，一起做饭，一起面对和处理生活的各种波折，相互尊重。

我们被人爱着，没什么值得炫耀的。无论是社会还是个人，向来都是越缺什么就越提倡什么，对于个人而言，还有一种情况，那就是越炫耀什么，说明他越缺什么，听者会觉得，是因为自己越缺什么，所以越觉得别人在炫耀什么。

被一个人爱着，这没有什么值得骄傲的，同时被很多人爱着，也没有什么值得到处炫耀的。应该骄傲的是，你曾经是如何努力去爱着一个人，即使你们最后没在一起。

不管是爱情还是友情，当你看到我的名字时，是眉开眼笑的，当我们再一次偶然相遇时，你仍旧想给我一个拥抱，那么证明，我是一个值得交往的人。

要真正放下一个人很困难，有的人即使结婚了，即使那个人的身边出现了别人，那个人比你好很多，可是你的心里仍旧住着一个永远抹不去的人。放不下的意思大概就是，即使身边出现了别人，甚至更好的人，我还是忍不住想起你。

女人的失望和生气是完全不同的，生气说明你们之间还有可能，她可能只是想要你的甜言蜜语哄一哄就好转了，失望就不一样了，失望可能伴随着沉默，已经不想生气了，而是开始理性思考你们是否还有继续下去的必要。

你的感情付出与收获不一定成正比，你把别人当成一回事，别人可能只是认为你是再普通不过的朋友。但是如果你学会拒绝，别人可能就开始意识到你的重要性，越来越不敢怠慢你。

曾经看到这样一句话：“一个人厚着脸皮没羞没臊地去爱另一个人的概率，一生只有一次。”我是不赞同这句话的，因为我们遇到喜欢的人，都会没羞没臊去追求去爱，有的人可能追一次就成功了，有的人要追好几次才能成功，并不是说后者感情泛滥，他对于每一段感情都付出很多，只是他们并不适合而已。

两个人结婚，并不是两种性格的相互叠加，而是各自性格的相互磨合，最终永远熔铸在一起。

失败是为了更好地遇见

一

空间上的距离，尤其是异地，是很多恋人都无法逾越的鸿沟，能够战胜这个困难的人并不多，所以有一种分手叫作异地恋分手。有的时候，两人莫名其妙地就开始变得冷淡，不是因为不再相爱，而是因为距离淡化了爱情，如果我们觉得战胜不了距离，那么不如洋洋洒洒结束这段爱情吧，别想着纠缠，你也不用皱眉，直接告别就好。

因为分居异地，安全感会越来越缺失，其实，安全感这种东西，向来都不是别人给的，而是自我形成的一种护盾，无论男女，皆是如此。很多人认为安全感就是给对方发信息秒回，或者是每天早上晚上给你说早安和晚安，或者是对方给了你承诺，其实，这些东西，都不是真正的安全感，倘若哪一天对方突然离你而去，那么所谓的安全感便会毁于一旦。

安全感说了太多，其实不如一样，只要确认出门带了满电的手机，安全感瞬间爆棚。我们要善于从生活中的细节去寻找安全感，比如十字路口的绿灯，出门时口袋里装的钥匙和钱包，抑或只是身上背的一个包，都可以。

如果总是把希望寄托于别人的身上，那是一件很可怕的事情，从某种程度上来说你是为别人而活，而不是为自己而活。爱情里的安全感，如果非要定义，那就是你们都和异性保持一定的距离，而互相深情依旧。

二

我们都很讨厌那种仗着别人喜欢自己，对人家毫无感觉，但却不斩钉截铁地和别人说清楚，而是吊着人家的情感，始终把人家放在备胎的位置，语言之间充满了暧昧，撩拨挑逗，不断消遣别人的深情和真心，说实话，这种人不能发展为对象。

很多时候，我们会形成一种错觉，会错把别人的帮助当作好感，在脑子里闪现过的瞬间，错误地以为别人是喜欢我们的，其实只是自己想多了。

常说假话的人，即使他这一刻说的是真话，也没有人相信。信任就像一张白纸，只要被揉过一次以后，就很难恢复以前平整的模样了。只要被一个人欺骗过一次，哪怕是很多年后你们再遇见，即使这个人多么优秀，恐怕你也很难对其产生好感，无论这个人做什么事情说什么话，脑子里都会跳出来一个问题，这人值得信任吗？

信任这种东西，本来就是相互的，任何一方心存猜忌和疑虑，这样的爱情就很难继续和谐下去，在恋爱的计算法则里，女生犯错似乎也没那么容易就被原谅，无论男女，只要犯了错误，如果你还想继续的话，那么赶紧道歉，道歉这种东西，越早越好，晚了一分钟，被原谅的难度可能就会增加两倍。

不知道一个人要谈多少次恋爱才能遇见真爱，反正在遇到自己的真爱之前，我们都会有着同样的遭遇，对一个人特别好，在很多方面都考虑周到，生日会买礼物，会帮她带早餐，只不过别人对你不冷不热的，有时候突然对你好了，大概是你对她太好了，她感到有些愧疚，所以对你不再冷眼相向。但请记住，这并不代表她对你有了感觉，你们之间有戏。有时候，我们根本不求什么回报，只要看到喜欢的人开心就行了，谁叫喜欢人家的是我，一开始主动的是我。

三

任何一样东西，在没有得到之前，我们都会反复追求，可是在得到以后，新鲜感没多久就消失了，很多情侣都要面对这个难题。确实，得不到的永远是最完美的，难道深情向来都是被辜负的，而薄情寡义才会被反复思念？人的一生，能够永远保持对某个人或者某样东西的新鲜感恐怕不容易，这是一件很不公平的事情，所以，有的人对待爱情的观念很奇怪，爱上一个人只需几秒，结束一段感情也不用多久。

刚谈恋爱的人，很容易会因为对方的一句话而欣喜若狂，容易因为她和别人走得很近而暗自神伤，等到自己真正经历和领略过爱情的真谛以后，便不会因为一个人的突然离开而失魂落魄。

我们得不到的东西，总会选择祝福，以为只要对方开心自己就会跟着开心，对于单恋者来说，从此我爱上的人都像你。当然，前提是无论哪一段爱情，我们都要秉承付出真心的理念去经营，只不过相处以后才发现不适合。

大多数人的一生都很平凡，没有什么惊心动魄的遭遇，没有刻骨铭心的故事，我们所追求的轰轰烈烈，不过都是过眼云烟，真正能让人永久怀恋的，恰好是那些不起眼的日常对白。反正，大多数人这一辈子，都会结交几个损友，爱过几个人渣，遇到几段滥情，即便经历了很多，依然很难经营好这艰难的一生。我们总是理所当然地认为爱足以抵御一切，一辈子只为爱而活着的人，要么活得最精彩，要么活得最糟糕。

爱情里失败了不可怕，因为所有的失败，都是为最后的成功做准备，如果一个人一生中只谈过一场恋爱，且能和爱人白头到老，那是令人艳羡的，可惜，这样简单的爱情在我们这种年代已经很难看见了。

四

有的恋人无论是逛街还是去电影院，总是十指紧扣，每天都要在朋友面前秀一秀他们的爱情，生怕别人不知道他们的关系，而有的恋人，可能一方喜欢低调，一方却钟情于宣传他们的爱情。甚至还有一种恋爱关系，一方把所有恋人之间该做的事情都做了，可是在朋友看来他们并不像是情侣关系。

如果三十岁之前，你喜欢的人问你，你谈过几次恋爱，你要是说从没有谈过，恐怕对方还会嘲笑你，也有欣赏你的，毕竟是少数。所以，失败的爱情不可怕，甚至是很有必要，因为至少你懂得了很多，你被拒绝的原因，恰恰是你要考虑改正的。世界上总会有一个人在前面等着你，这个人的出现，会让你觉得，以前的失败，都是为了等待他的到来。

书籍是人类最好的化妆品

一

我的一位中年朋友跟我诉苦，说是她的女儿才十八岁，便无可救药地爱上了一个大她好几岁的男生。她说那个男生口才不好，又矮，还没她女儿高，她和他聊天，她说上了十句，那个男生都不一定能接得上一句，而且他现在的职位是花钱买来的，可是我这个朋友和她女儿谈话，她女儿始终都是不听劝，一定要和这个男的在一起。

我跟她说："你女儿十八岁了，算是成年人了，你只能在大是大非的问题上把关，不可能左右孩子的感情，你要问她那个男的是否真的对她很好，不要在乎他有多大的成就，而是在以后的生活中，他能否知冷知热。"

轰轰烈烈的革命爱情在我们这个年代已经很难看得到了，当然，我是希望朋友的女儿能够轰轰烈烈地过完这一生。以前的人们在苦难中结成一辈子的伉俪。以前的车马很慢，书信很远，一辈子只够爱一个人，同时我们也要认识到，正是因为消息闭塞，所以别人出轨了我们也可能不知道。爱情不需要有多么轰轰烈烈，只要平平淡淡，两个人在一起过日子就够了，躺在春天的草原，一起看天上的白云聚聚合合，一起看流星划过的样子。

有的人告诉你他去洗澡，可是再也不会回你，仿佛洗着洗着就死在澡堂里了，有的人告诉你去吃饭，可是等了很久也不回你，可能吃着吃着就被噎死了。那些告诉你他去干嘛了以后还能回复你他干完了的人，说明你在他的心里有多么重要。即使在洗澡的时候也会拿毛巾擦手回你。

二

成熟，是孩子和大人的分水岭，是喜欢和爱的标尺。十八岁，只不过是法律上的界定而已。

很多人以为，自己变得越来越冷漠，甚至不近人情，就以为自己已经长大，趋于成熟，其实并不是，成熟的人是越来越温柔，越来越能包容一切。成熟是明明眼睛里已经有了泪水，脸上还能保持微笑。但是成熟也要付出代价的，就是离小孩子越来越远，毕竟孩子是一个人的生命中最好的状态。

成熟的人不会逢人就敞开心扉，愿意把一切的一切呈现于阳光底下，不会再苦苦追求结婚，而是很享受那个过程，也不在意结婚是否会和自己的付出成正比，也不在意自己喜欢的人是否值得，因为自己明白，有的人注定了只会和自己擦肩而过。成熟有好也有坏，好处是不再因为得失而耿耿于怀，坏处是看透了一切，很难再去相信一个人，爱上一个人。

我这个朋友做得不对的一点是，她把自己的爱情观强加在别人的身上。父母一辈的爱情观和我们有天壤之别。己所不欲勿施于人，每个人的性格都不同，对待爱情的立场也不同，有的人喜欢上一个人就够了，并不一定要得到他，虽然明明知道毫无结果，可是仍会义无反顾爱下去。有的人只要喜欢就一定要得到，即使最后结果已经摆在面前，还要欺骗自己不要去相信。有的人是一段感情里面付出最多的那个人，却是最先放手的那个人。

我有足够的理由相信，每个男人到了一定的年纪都会担责。一个男人会三十而立，在三十岁以后，遇到有好感的人不会再去追求了，甚至已经懒得去追求那个人了，可能会在家里安排的相亲里苦苦周旋。三十岁之前，本着自己还没有到成家立业的年纪，总是攒足勇气去尝试很多事情，这个阶段并不害怕失败，因为失败了完全可以从头再来。过了三十岁这道坎，就越来越羞于在别人的面前提自己的梦想，而事实上，我的很多朋友在找了一份自己不喜欢的工作之后，明明才二十几岁，就羞于提自己的梦想了，甚至没有梦想，因为我们想要的都是稳定的生活，梦想并不一定能实现，我们还有可能会毁于一旦。看来，人这一生，最难翻越的不是梦想，而是生活。

三

让我这位朋友所担心的，就是她女儿的男朋友知识层次太低，看的书太少，她在他的身上看不到任何希望，而他本人也没有什么梦想。

一个人的气质里藏得有那些他读过的书、走过的路，这也是一个人的所有加分点中最突出的一项。读书无用论不知道从什么时候开始有的，可能从有了读书开始就伴随了吧。读书的用处是长远的，如果要我们看了一本好书就立刻说出它的用处，我们大概说不出来什么，但是请想一想，我们每天都要吃饭，吃一顿饭的用处可能也说不上来，不吃一顿也可以，但是很多年后，我们的身体有了很大的变化，是那些食物起了作用，同样，看书不能图一时之快，如果指望看一本书就能帮助你一辈子，那是异想天开，但是如果能够坚持下去，像吃饭一样天天看书，那么多年后你会发现你的思想会像自己身体一样产生很大的变化。这个结论的前提必须是我们看的是有用的书，现在粗制滥造的书不胜枚举，就像吃东西一样，垃圾食品吃多了，对身体百害无益，烂书看多了，对思想也是百害无益。

书籍是人类最好的化妆品，毕淑敏有一段话说得特别好“我喜欢爱读书的女人。书不是胭脂，却会使女人心颜常驻。书不是棍棒，却会使女人铿锵有力。书不是羽毛，却会使女人飞翔。书不是万能的，却会使女人千变万化。”

四月天晴，你我安好

这是好友李文豪的爱情故事。

夜里，屋外的雨落在窗台上，滴滴答答，为这静谧的夜晚奏响绵延不绝的夜曲。是深邃，是忧愁？手机的震动拉回了正陷入无限惆怅的我。滑开一看，是她的微信消息。春意盎然，寂寞的夜里，人难免会心漾。眼前浮现了一幅幅尘封已久的画面，在氤氲的雨雾里若隐若现……

原来，你也在这里

那一年，我十八岁，已经成年，她与我的距离是讲桌到卫生角的距离。所以我每节课都尽量制造垃圾，实在没有了，只好发扬雷锋精神，帮别人清理那些避而远之的污秽物。不为别的，只是想去卫生角的时候心安理得。虽然她成绩差，但她不是傻子，久而久之早已明白我的醉翁之意。

我住寝室，那时候寝室的氛围让我忘了家里的不愉快。

我们“六小只”鸡鸣而出，灯灭而息。虽然不时会产生摩擦，但火花过后便是灿烂的烟火，我们的小屋显得更加温暖。

上大学后不知是地域文化所带来的差异，还是自己心灵在随着客观环境转移而改变，高中的那种感觉已经逝去了。有时呆坐在寝室里，会在心里黯然神伤的举行祭奠仪式。

十八岁的年纪充满爱。父母的事并没让我有太多的情绪。一是我快迎来“高考末日”，现实不允许我悲天悯人。二来心中有个心心念念的她，还有一群陪伴着我的朋友。许多不快在他们面前，早已烟消云散。我希望每一天都好好地去爱他们。

十八岁的疼痛是刻骨的，我心心念念的她，跟着我的室友“跑了”。

事情发生的悄然无息，没有任何征兆。我只记得那天，阳光布满每一个角落，但我的世界就像雷鸣后的废墟，荒芜、惨淡。

其实世上哪有那么多不期而遇，在我看来，不期而遇的背后，是自己内心深处的向往与执着。那段时间我也经常在卫生角流连忘返。在数学课上光明正大地去给她讲解习题。回到寝室孜孜不倦地赶抄笔记，我知道粉红色的笔记本是她的最爱。

我克制着自己不要把他们的生活联系在一起。因为她不是他心仪的女生，这样做可能是出于朋友的关心吧，毕竟我们的圈子一样，可能他出于我的面子才去帮她。毕竟她是那么讨人喜欢。

他开始在寝室里刻意避着我，做什么都小心翼翼的，与他之前那种“嚣张跋扈”截然不同。他知道我是敏感的人，但他实在无法表现得更淡然，他总觉得对不住我。的确，在当时看来，我真觉得他对不住我。

那天阳光大好，恰逢周末，下午没课，那是紧张枯燥生活里唯一有盼头的日子。他说他要去见他的女朋友。我们都起了哄，非要跟着去一睹芳容。

喧闹过后，他冷冰冰说一句：“你们谁也别去，时机对了，我会带她见你们的。”他的背影消失在走廊里，望着他坚定从容的背影，我陷入幻想……

我的直觉告诉自己要出事。我没犹豫，便用三步阶梯一起跨的速度下了楼，尾随在他身后。一直跟着他到了学校不远处的小广场。环顾四周，唯一能够约会的只有一家奶茶店，我先于他之前进去了。那样即使预想成真，大家都不会太尴尬，一句“原来你也在这里”便可化干戈为玉帛。

星座书上说双鱼座男孩的直觉都特别准。当看见他俩手牵手走进来的时候，心里像橘子一样酸。我后悔跟了过来，我想逃离现场。

我还算是一个理智的人，并没有做出情绪化的举动。我故作笑脸迎上去：“好巧，原来，你也在这里。二狗啊，咱兄弟还需要那么见外吗？你直接说她是你女朋友不就对了吗？还怕兄弟抢你的吗？”她在一旁呆站着，脸上有读不完的表情。

“好了，今天阳光不错，祝你们玩得愉快，我退场了。”他想给我说些什么，我没有给他机会，拔腿就跑了。不对，那不是跑，那是溃败后的逃离。

以前喝酒时侃大山，我常对他说，以后我什么都让你，哪怕是喜欢的女孩。但当事情真正发生的时候，虽然表面云淡风轻，心底却久久不能释怀。我不能释怀不是因为他俩在一起。他俩倘若真的情投意合，我心里一万个祝福。毕竟他俩对我是很重要的存在。但朝夕相处中，我知道二狗以后的生活规划里没有她的存在，我不知道他为什么还要去招惹她？

毕竟心智开始慢慢成熟，我们没有将这些带入到我们的学习生活中来。我深知那样会影响什么，我不希望任何人受到伤害。

同处一室，与往常相比一切按部就班进行着，但我和他之间有一层阻隔。大家谁也不愿意去触碰，害怕破裂一瞬的连锁反应，让我们束手无策。

时间就这样静静地流淌，我们熬过了六月，终将走向告别……

幸好，我们还在原地

毕业后，大家如获新生。拿成绩的那天，许多情侣在校园里牵手漫步，似乎在对外宣布彼此的所有权。我的目光扫视着校园的角落。她说过，等毕业那天，如果恋爱了，她要在操场上和那个幸运儿跳华尔兹。她有舞蹈基础，华尔兹对她来说不是难事。但操场上却没有他俩的身影，内心五味陈杂，激动与失落并存。

那天到底还是没有见到他们……

不知出于怎样的心理，我不想和他们主动联系，只有从他们QQ动态了解他们的状况，但却一无所获。我猜想他可能会慢慢把她带进他的生活，他们可能会去旅行，她说过毕业后要去云南看花海。

某天晚上，我窝在我的“软骨头”里看动漫。出乎意料地等到了他的来电：“狗东西，这么久就不想爸爸？快出来，我在你家外面的烧烤店，来迟了，可要买单的哟！”

这种语气很久没听见了，一股暖流涌上我的心头。那层隔膜最后还是击破，不过这份光荣任务被他抢了去。

在他打电话之前，我想过第二天去找他们。

不出意料，只有我们三人。我的心态与之前相比有了很大改观。我知道这次是做了结的时候，无论结果怎样，我都会无条件让步。因为我不是一个喜欢安静的人，我的生活需要烟火味。他们给我带来的东西，是无与伦比的宝贵。

我们都爱喝酒，也喜欢在喝酒的时候吐露自己的想法。还是我先打开话题，可能是我真的太急："你们以后准备怎么发展，我可要准备份子钱了哈！"我一边撕咬着鸡腿，一边说道。在他俩面前吃东西斯文，注定挨饿。从他俩的眼神中，我知道了答案。因为，她虽腼腆，但对于爱情充满了无限的渴望。他虽决绝，但在爱恨纠葛上犹犹豫豫。

他们分手了……

那一刻，我的戾气被释放，拳头胡乱地砸在他身上，他没有任何闪避。这一切在他看来理所应当。事后想想，其实哪儿有什么理所应当，我们都没有对错。

看着她梨花带雨的模样，不停地向我俩说着对不起，我和他都感到莫名的心痛。却又无能为力……毕竟这世界有太多不如人意。

"我以为你会慢慢把她规划进你的生活。"

"我以为你们会慢慢地培养感情，拥有美好的明天。"

"我以为我们的让步会换来大家的安稳。"

"你总是能窥探出一切，我不想辜负你的心意，我想过慢慢去做好，但是我也是有血有肉的人，我不想违背自己的心，更不想用友谊来祭奠爱情。"他低吼道。

"你对我的感情，我一直埋藏在心里，不愿去提起。因为我想温存一辈子。和他在一起是我的选择，我愧对于你。"她平静地说道，眼睛没有一丝光泽，无神的可怕。

午夜的城市，没有了车水马龙的景象。橘黄色的路灯拉长着我们三个的身影，重叠在一起，怎么也分不开。漫无目的的我们走在漫无边际的马路上，谈天说地，把前几月未说的话一次性补上。

不知走了多久，我们又回到了烧烤摊。我惊讶地说："你看我们兜兜转转还在原地。"他俩柔情的目光望着我："是啊，幸好，我们还在原地！"我们三个安静地坐在石阶上，等待东方际白。

后来每年四月我们都会在固定的日子互相给对方发一条消息，消息很简单：幸好，我们还在原地。那个日子是他们在一起的日子，却是我们独家的纪念日。我曾开玩笑说不应该选分手日吗，他说，这种喜庆的事，就是要用喜庆的日子。但那个日子真的是喜庆的日子吗？只能仁者见仁，智者见智了。

书上说：对的时间遇上对的人是幸福，遇上错的人是心伤。在错的时间遇上对的人是叹息，遇上错的人是荒唐。

青春本该是五颜六色的，同理，人的境遇也该是多种多样的。只要像绘制青春蓝图时选好主色调一般，那么不同境遇我们都能走出满意的人生。命运是不可控的，但我们能尽最大努力去做好，那样当结果来临之时，我们就能心平气和地去接受。

总之，我们三个人的"小爱情"已经走过了两年之久，这是最好的安慰。

她的城

一

我准备写下桃花，用我细致的花蕊，给你润色；我准备写下彩虹，用我多情的色彩，给你画上浓妆；我准备写下柔软的诗句，用我诚恳的语气，给你送去暗香。你披上仙子的霓裳，在柔美的弧线上起舞，六月，玫瑰的红，足以让我的散文一页页染红。而我，始终在你的掌心里，提起笔，忽略了碎，忽略了恨，忽略了潜在的风浪，你的一颦一笑，足以让我颠覆。

岁月陡增，行走在红尘陌路上，有的时候，会不会觉得某一次邂逅，某个人在某个地点会堂而皇之地给自己负上一笔情债，肩上的行囊都会被这些故事所填满。所以，我们更需要一些回忆来喂养寂寞，典当一些情怀来滋润心性。

对于幸福，我情有独钟。

没有什么可以犹豫，该留下的已经开花。

经历着四季雪雨风霜的狂躁与肆虐，我曾悄悄地把我的呐喊声埋在地心，深深的，不让人过问。而你看不见，似乎永远看不见。你所见到的，是我刻意留下的微笑。

如果可以，我也想拥有这样一段时光，一片片行走着的暖阳，一些微风丝丝缕缕地吹动，放松的心情。什么都可以像蜻蜓点水式的想一下，什么也可以不去想。

阵阵清凉的风，把我内心的悲凉吹送。

我把白天收集的心情卸下，然后美美的，做个好梦。

远方，一朵玫瑰走远。

阳光温厚如旧，蒲公英做着散不去的梦，如我碎片的思绪逍遥如水。

我感觉我在把时间拉长了，拉细了，就像甜甜的红薯糖一样，而我接下来要做的，就是努力不让它断掉。

就像一个未来，不，其实就在眼前。

玫瑰的红，有如飘荡的魂，它的美不可比拟。我的灵魂已幻化为飘渺的一缕游云，去颂赞那安静之下溢出的自由。我悄悄摘下一片，珍藏。

我的情感，拉近了与天空的距离，使我的成长，茁壮为一个美丽的季节。

二

白云出岫，倦鸟还巢。她独自坐在她精雅别致的书室里，把灯火一齐熄了，倚一扇老旧的轩窗，看过落花飞雨，又见明月中天。月光在东墙肩上泻下去，笼住她的全身，把整个灵魂安置在乳白色的月光里，幻化出一个窈窕的倩影。她微润的媚唇，清香的发梢和庭前几株鲜艳的白玉兰，都在静谧的月色中微颤，她微微一笑，吐出一股幽香，不但邻近的花草虫鸣，连可爱的月牙闻了，也禁不住迷醉，忽然，她精美的芳容上似乎笼罩着一层藕灰色的薄纱，轻漾着一种悲戚的声调，轻染着几痕泪化的云霭，她素手轻装，把自己锁在孤城里。月光，你能否将我的梦魂牵去，附在她庭前的白玉兰上。

她始终笑着，带着水光，今夜不曾流泪，不是无泪可滴，也不是无名的情愫将这最纯洁的本能锄净，任谁也控制不了当初来的猝不及防的一幕邂逅，爱情这部戏里，向来就没有彩排。所以，她只好收起一切似乎无法预料的暗伤，让沉醉的情感自然流露，让缱绻的诗魂漫自低回。

再美的邂逅始终只是一时的妩媚，还是抵不过时间的无情风化。然而她不曾启唇，他不曾为她停驻，他只不过是她生命里出现的一个过客，她也只是他笔下用散文忏悔的路人。他们心里都明白，这不过是一场剧情，剧情再美终是戏，可她，在他生命的流光里，留下了一抹不可漫灭的浅笑。

这笑来得甘愿决绝，来得义无反顾，来得温润幽怨，这笑掩饰了她内心所承受的痛楚，这笑将所有的记忆和许诺都融掉。她说过，他们只能是朋友，普通的朋友。她不想把一个人的事情让两个人来承受。不属于自己的，不如洋洋洒洒挥手扬了它，这才是君子的风度。

她潇洒地转身，结束了一切。他无奈地暗恨着自己，在黑夜中握着寂寞的笔杆，写下心灵深处的忏悔，因为这是报答的另一种方式。

月光从云端轻俯下来，落在她胸前的串珠上，印下一个慈吻。这承载着无数人浓郁情感的月亮，到底封存了多少这般决绝的女子，到底封存了多少人多少次美丽的初见。不敢说她胜过他生命里出现过的女子，但是，在他暗涌的大海里，她是无与伦比的。

他把自己精心整理的诗文送给她，她用“风吹世乱人暗换，旧梦难诉空肠断”的诗句来回馈。“细雨湿衣看不见，闲花落地听无声”，或许，她只是细雨，只是落花，只是眉宇间微漾的温存，只是喧嚣中暗藏的一缕宁静。结局不过是，她不再拥有那傲人的才情，他也不再是谁生命中的点缀。

他们不再说什么，只想让思维守住有过的幸福就好了。谁都不会因外界的风声鹤唳而瑟瑟发抖，不会再因世间的荣辱与共而锱铢必较，不再因生命的瞬乎飘逝而惆怅莫名，他们真正领悟到幸福自在我心，而对于曾经在青春那片土地上挥霍过的无知却真实的爱恋，就让它在一截褪不去的时光中欢歌吧。

时光幻化成一座桥，他们还在这座桥上观望，河面上，仍有一些醒着的梦，还在继续。

油漆剥落的门牌找不到了，或许被捡废品的阿姨收藏了，记忆将它拆分成一条街道和两个阿拉伯数字。

幸福路 52 号——

我的身后，你蒸发的背影，依然清晰。

三

我像一个不敢见光的幽灵。

我一直以为，我能忘记那段回忆，以为以前的伤口已经完全愈合了。

月光下，你说过的话依旧在草尖上颤动。

在黑夜中行走，我希望你像水的潋滟一样包围着我，洗掉我的尘埃。

你允许我，不会再有爱人的能力。

遇见你，我才知道我也可以拥有爱情，拥抱青春。

后来，我明白了。

真正爱上一个人不一定要拥有，但拥有一个人一定要加倍疼她，珍惜她。

允许你，收起我砸伤你的文字，疼我的伤痕，吻我的泣饮。让你住进我的诗歌，一个人，总也躲不开这样的沧桑与温柔。

女人，很软弱，却又很坚强。

我很欣慰，你遇到了一个比我更好的人。

或许我们，只是在彼此的青春里开了一个玩笑。

我的散文里，你的角色，我的女孩。

所以，我选择了珍藏那段曾经忘记却又回忆的如梦岁月。

或许，一些人，无需刻意，也会记得，因为哭过笑过；一些事，无需回忆，也会深藏，因为苦过痛过。但是，有时候，回忆再美，终究抵不过时光，有的人，离开了，就注定成为故人；很多事，过去了，就注定成为故事。更多时候，我们要能耐寂寞，能笑繁华，学会在沧桑中领悟，在历练中成熟。岁月，因为能走而美丽；生命，因为经历而丰盈。闲暇的时候，掬一捧清水，品味历史漫朔，拾一粒卵石，抚触时间脉络，采一缕暖阳，装点春的绚烂；撷一枚落叶，体味秋的朴素与深刻。

成熟，不是人身变老，人心变小，而是眼泪在打转还能微笑。或许，简简单单，才是别样的人生；清清浅浅，才是别样的风情；悠悠远远，才是别样的感动。

喜欢与爱

——致敬汪国真

喜欢是包容的，爱却是自私的。

喜欢是一个人的事情，爱却是两个人的事情。

喜欢一个人，不用任何理由；恨一个人，却不肯放过一个理由。

我喜欢你，用不着你也喜欢我；我爱你，却因为你也爱着我。

我喜欢你的时候，所有借口都是理由；我不喜欢你的时候，所有理由都是借口。

喜欢是低层次的欣赏，爱却是高层次的喜欢。

喜欢演绎成欣赏，欣赏最终演绎成爱；但爱退化不是喜欢，而是不爱。

孩子喜欢长大，喜欢成熟，所以穿上类似成年人的大衣，假装长大；老年人渴望年轻，渴望童颜再现，所以将满头白发染成黑色，剃掉胡须显得年轻一些。

喜欢热闹的人，常是因为魂灵寂寞，渴望被人来访；喜欢宁静的人，往往是因为思想充盈，想在孤独寂寞中另寻一片天地，孤芳自赏时，天地便小了。喜欢漂亮的人，穿扮得像待嫁新妇一样，遍体光艳；喜欢朴素的人，又想通过心灵的美来诠释漂亮的另一种定义。

喜欢又因人而异，穷人喜欢富有，渴望某一天能够随便花钱买自己想要的东西，富人却时常孤独，所以喜欢自由。有的喜欢风花雪月，有的喜欢金戈铁马。但是，如果只顾喜欢，忘了珍惜，就后悔莫及了。

喜欢不是爱，更不能是占有，但当喜欢变成功利的审美时，喜欢就不是喜欢了。

喜欢得越多，得到的越少；喜欢得越少，得到的越多。

每个人总是在仰望和羡慕着别人的幸福，可当我们在每个年龄段都回头看的时候，却发现自己正被别人仰望和羡慕着。其实，每个人都是幸福的，只是你的幸福，常常在别人的眼里、嘴里，而你却没有察觉到。

幸福不是等来的，它只降临努力争取过的人，爱一个人就要大胆地表达。幸福也不是用来羡慕的，羡慕别人的人，若仅停留在羡慕上，就永远只有羡慕别人的份儿。

有的东西，没有得到时，一个劲儿地喜欢，得到了，却又不再喜欢。有的东西，喜欢不一定得到，得到的又不再喜欢，所以，命运常常赋予人类太多的不喜欢，这时，便需要忍耐，更要舍弃。有些人，就像指缝间的阳光，温暖、美好，却永远无法抓住。

喜欢并不意味着得到，倘若得不到，不如洋洋洒洒地挥一挥手作别，或者动动嘴唇，捎上你的祝福，送上一缕春风，一弯溪水，你的生活会更美好。

喜欢就是一种偶然的感觉，说不上为什么，它是人类一种微妙的情绪。

忧伤的时候，便喜欢小雨的冰凉清新和鸟儿的枝头窃语；失意的时候，便向往大海的阔远与穹宇的浩瀚；孤独的时候，便凝神望月，喜欢轻裹在云棉之中的素月；落寞的时候，便把自己关在木屋，沉思写作或是不由自主地踏上一条幽径；惆怅的时候，便格外欣赏落日残照边的新镰，喜欢它幕弦的颜色。

如果你不再喜欢我，并不一定是我的错，可能我们只是不会升华的朋友；如果你不再喜欢我，这是一种考验，只命运的折磨，谁没讨厌的人；如果你不再喜欢我，我会很痛苦，但我不会乞求原谅，更不会自甘沉埋，因为，你不喜欢我，并不代表所有人都讨厌我，只是未遇见，喜欢我的人。

遇到你，便走到底

一

曾听朋友说过，在结婚之前至少要谈一次恋爱，不然的话你根本就不知道如何去爱一个人，去维系你们的爱情和婚姻。我们都经历过这样的阶段，第一次谈恋爱，总是以自我为中心，我爱别人，是因为我有别人爱，哪怕所爱之人跟一个异性说话，自己都觉得难受，等到经历过感情，被爱情的流火击伤过后，自己逐渐趋于成熟，那个时候我们懂得了如何去爱一个人。

可是时光总是特别无情的，我们总会在特别无能为力的年纪遇到想照顾一辈子的人。

每个人的心里都有一座城，城里都住着一个不可能的人，每个人的心里都藏着一些不愿意被别人知道的事情，如一件事情有好坏，一轮明月有圆缺，一座大山有阴阳两面，另一面总是不想让别人看见。

每个人在不同的环境中，会呈现出不同的性格，有时候自己也会感到莫名其妙。每个人都会有双重人格，余秋雨说过，每个人都会在心理上过着两种年龄相互重叠的生活，没有这种重叠，生命就容易脆折。不同的生活环境，要用不同的方法看待，面对不同的人，要用不同的性格去处理。

我们对于那些走进你的生活，且让你变得更加优秀，让生活有很大改观的人，那这样的人无论是朋友还是恋人，都是值得交往的，人的心是容易寂寞的，遇到这样的朋友或者爱人，要心存感激，用心对待。反之，如果结交了一个让你变得比以前糟糕，阻碍你实现梦想的人，让你的生活品味变得越来越低，那么这样的人，请慎而远之。

二

千万不要通过电话、短信、社交软件来谈成一场恋爱，或者是通过这些方式来结束一场爱情，因为隔着屏幕和面对面地交谈是完全不同的效果，可能你通过那些方式跟别人表白不会成功，但是如果你是面对面地说，可能你的一个真诚的眼神、呵护备至的动作就令其感动，没准就答应你了。同样，当一个人用社交软件和你分手，那只能说明他对这段感情是多么草率，如果是面对面提出来的，有的话根本就说不出口，还有挽留的余地。

和一个人相处，恐怕我们还不知道自己内心真正的想法，那人已经离你远去，等到我们真正明白，原来自己是多么喜欢，可是斯人已去，爱情就是在这样跌跌撞撞的过程中把一个少不更事的少年打磨成一个油腻而狡猾的成年人。

等到与旧人相遇，我们都想证明自己过得很好，都想说明没有你我也能把生活经营得如此美妙。如果真的恨一个人，或者说你们不可能在一起，没必要互删好友，因为相识一场本来就是缘，但是你们没有白头偕老的份。

把一个人拉进黑名单代表永不联系是最愚蠢的做法，要做的事情是，就让他留在那里，不用管，不温不火，不冷不热，不悲不喜。要让他明白，自己以后的人生已经与他无关，但是自己却又特别珍视曾经在一起的岁月。

错过这种东西，让人捉摸不透。每种人对待情感的处理方式都不同，有的人以为，只要你爱着我，你就不会走。有的人却认为，只要你还爱着我，你就一定会来找我。然而事实上，根本很少出现只要是对的人，他年后再相遇我们依然可以在一起，可能，真到了那个时候，再相遇有一方已成为孩子他妈或者孩子他爸了。

三

真正爱你的人，哪怕只是你给对方发了一句废话，发了一个标点符号，对方都会很重视，会立刻回复你很多话。而如果爱上一个不爱自己的人，哪怕攒足了勇气发了一大段话，估计他看到了也懒得回复。

谁年轻的时候，还没有爱过几个人渣，那是因为，我们以前过分追求刺激感，甚至是很享受在全体师生的注视下那种轰轰烈烈的感情。真正到了成年，到了结婚的年纪，我们都知道，不能用年少那一套择人的标准去寻找自己的另一半，考虑得更多的可能是对方的身世、工作、容貌。

美人在骨不在皮，但是现实生活中，我们需要的并不是一个多么美貌的人，当然，我们也不愿意去找一个貌丑到极点的人，我们需要的不是一时的热烈，而是长久的余温，我们需要的是一个长久不离不弃的人，难过的时候他会陪你，每天早上给你一个拥抱，在你生病的时候陪在你的身边，也不用整天把爱与不爱挂在嘴上，而是用行动证明，我一直都在你的身边。

不要总是盼望着嫁娶一个有钱有权的人，自己就能以此为跳板，向更高的目标飞跃。不可否认的是，这的确能够减少很多奋斗的时间，虽然两人不必在经济和地位上对等，但你要在某些方面突出到让别人安心、欣赏，如果你只想凭借你暂时的容貌紧紧抓住一个人的心，那简直是异想天开，你不必拥有美丽的容貌，但是不能没有独立的价值观，你不必拥有高贵的身世，但你不能没有独特的生活方式，你不必拥有多么昂贵的身价，但你不能没有独立的思辨能力，甚至是你不必拥有多么高的学历，但是你不能不喜欢读书。

经历过感情创伤的人，总是渴望回到过去。没有谁愿意长大，小孩子之所以会向往长大，是他们以为大人能有很多空闲时间，不用写作业，不用和老师周旋，等到他们长大之后，猛然发觉最美好的状态已经不可能再有了。我们越懂事，这个社会让我们背负承受的东西就越多，所以我们学会了忍耐，这个世界就给我们越来越多的需要忍耐的东西。但是，有的事物不能提前享受，提前享受就意味着要提前受罪。

有一句话流行了很长时间，人生要有两次冲动，一次是说走就走的旅行，一次是奋不顾身的爱情。与之对应的是，人生也要有两次幸运，一次是旅行的路上，微风不燥、阳光很暖、风景很美，最好是佳人相伴；一次是遇到你，便走到底。

愿余生鲜衣怒马

一

对于情感，陪伴都是最长情的告白，这种告白是细水长流式的告白，一时的豪言壮语和铮铮誓言固然会把你感动得眩晕，但那并不代表永久和持续。最深情的爱，通常都是藏在生活的细节中，日常的对白中。就如好酒与白米饭一样，酒很香醇，但是不能多喝，白米饭味道虽淡，天天吃不觉得它的重要，但是少了一顿就觉得失掉了什么。所以，细水长流的感情才是最宠溺的。

和什么样的人相处很重要，如果对方是一个脾气暴躁的人，你会在潜移默化中受到影响，浑身都是戾气，时不时地就充满了负能量，如果被一个很温柔的人喜欢，那说明你的运气不错，至少一切都变得平和，一切都很柔软的样子，你会摒弃之前对社会的负能量、对他人的戾气。

遇到一个每天都陪你聊天，跟你说早安晚安的人是有多么幸福。其实，如果我们能够遇到经常发一条信息就能秒回，你说了上半句，他立刻接出下半句的人，无论是友情还是爱情，说明你在这个人的心目中的地位有多重要，那也是相当幸福的。可惜的是，人们现在都懒得看消息了，要想遇到这样的人太难了。

有人一直陪着你已经很幸福了。我们常常都是幸福的，只不过我们的幸福常常藏在了别人的嘴里和眼里，我们却不易看到。感观上的事物，只有自己的感觉才是正确的，有的人喜欢胡说八道、乱点一通，可是他们根本就没有经历过这种事情，他们根本就不是你。当别人评论和指点你的朋友或者是爱人的不是时，一定要辩证地看待问题，我们身边三人成虎的现象实在是太多了，稍不注意我们就会追逐这种浪潮，而忽略了自己的主观判断。

二

在爱情里，追一个人之前，我们常常会花很大一部分时间在穿着打扮上，生怕自己的形象在他的心目中有所折损，追到一个人之后，越来越不在乎自己的动作是否优雅、穿着是否时尚、方式是否不正确，甚至不洗头就可以出去约会，因为我们知道，你们彼此相爱到了对方不会嫌弃的程度了。友情里，两个刚认识的陌生人，言行举止表现得特别文明礼貌，等到越来越熟识之后，就会暴露自己的本性，语言变得通俗甚至是庸俗，对方都在互相怀疑当初那个有礼貌的孩子去哪了？但是我们却不介意，因为我们知道关系越铁，说话越损。

彼此相爱是两个人在一起的基本条件，但这绝对不是决定两人白头偕老的唯一因素，如果说两人只要相爱就能白头，那是一种很单纯的想法，因为当爱内化为亲情的时候，决定生活继续的因素已经转化为其他东西了。我们始终都要清楚，爱与相处，爱与生活，完全是两码事。

现代人处理人际关系的能力似乎越来越弱，因为我们一天中的大部分时间都花在了手机社交上，好像爱情和友情都是通过网络的方式聊来的，很多人隔着屏幕不会怯懦，表现得极为优雅，到了生活中，又是一副不同的样子。与人相处，不能总是纠结于别人的短处，而忽略人家的长处，不能你有难时人家帮你，而人家有难时避而不见，也不能只是记住别人的拒绝，而全然忘却人家的好处。

如果一个你曾经死缠烂打地追求而没有追到的人突然又联系你，向你借钱或者是有求于你，千万不要像以前一样热情似火，特别上心，他正是看重这一点，猜到你会毫不犹豫地帮助他的。不必过于兴奋和紧张，如果是自己不愿意做的事情，或者他变成了你所讨厌的那一类人，那么要果断地拒绝，不要别人朝你勾勾小手就魂不守舍地屁颠屁颠跑过去。

一个人说爱你的时候，很有可能只是一时的冲动，他的任务只是把这件事向你陈述而已。一个人对你说分手之前，绝对不是一时的冲动，他说出这两个字的时候，你可能不知道他到底失望了多久。

三

基本上所有的抱怨，都是因为空闲时间太多，所以才有那么多的时间去胡思乱想，如果是真的苦，根本就没有时间喊累，下班一回家的状态大概就是倒头呼呼大睡，如果是真的惨，根本就没有时间觉得很丢脸，这一切的一切，都是因为你没有全身心投入工作中去，忙起来哪有那么多时间思考人生。

自己要走什么样的路，要做什么样的人，从某种意义上来说，只有自己最清楚不过，别人的意见肯定是要听的，但是要学会辩证看待问题，有则改之无则加勉。如果只是一味听从他人的建议来改变自己，那么做不了别人，也做不回自己，甚至会忘了自己当初是为了什么而出发的，也不知道自己的终点在哪。

有的人我们是无法理解的，毕竟不存在感同身受这种东西，即使有，请试想一下，当你去翻看几年前你自己写下的日记，留下的照片，恐怕你都会跳腾出一种想法，“这竟然是我？”我可接受不了那些文字，那种奇怪的审美。那么你就能稍微释然了，我连几年前的自己都接受不了，还要让我去理解你？

四

很多看起来和谐如初的婚姻关系，只不过是为了顾全大多数人的面子，其实早已经是满目疮痍，支离破碎，在别人眼里看来依旧和谐，甚至相敬如宾。有的人恰恰是为了这不值一文的面子而耽误了自己的一生，本来早该散的，迟迟不散，不过是早一点晚一点的问题，如果决定了分开，那么就应该早一点抽身，对谁都有好处，再也不要回头。

人们只要到了谈婚论嫁的年纪，如果没有相互喜欢的人，那么他们都会面临着这样一种抉择：我是要和喜欢我但我毫无感觉的人在一起呢？还是要努力追求一个我很喜欢但不喜欢我的人共度余生呢？选择前者，至少那个人会以我为中心，能够让你快乐起来；选择后者，至少那个人是自己喜欢的，要努力去取悦。

再相逢依然如故

今天是高考后的第三天，大多数的人也恰好迈过了不允许早恋的年纪，再也不用担心会被老师和家长想方设法拆散了。

蔡筠终于向梁丽告白了。初中同学三年，高中同校三年。

梁丽一直知道蔡筠的花心，他喜欢过以前的班花，喜欢过自己的闺蜜，还有好几个自己也认识的人，他每次喜欢上一个女生都会和自己说，现在突然向自己告白，估计也不会长久。

哎，谁叫自己也喜欢他呢，平时装成好朋友，竟然也没有被发现。

梁丽在高考成绩出来之后就答应了他，然后开始了自己本以为只有三个月的初恋，她是很开心的，和自己喜欢的人有一段回忆也是好的。

三个月后梁丽去了长春，蔡筠去了重庆。

蔡筠没有提分手，这让梁丽很开心，觉得她的初恋还能继续。

大学里的生活果然很丰富，但是梁丽并不是很在意，让她高兴的是每天还能和蔡筠互动，互动的方式是电话、微信和视频，让她觉得距离并不是问题。

大一上学期很快过去，梁丽和蔡筠的异地恋也在继续，虽然有小摩擦，但梁丽觉得有摩擦才能增进感情。

第一个寒假，这是他们见面的机会，他们都在一个小县城，家离得比较近，两人一放假就迫不及待地想要见到彼此，一起吃饭，逛高中校园，一起爬山，一起打球。

这一切都让梁丽感到无比满足，整个寒假他们几乎都是在一起度过的。

蔡筠想去梁丽家，自从他们两人确定关系后他还没去过梁丽家，以前倒是去过好多次，和梁丽爸爸很是谈得来，但那时他们还未确定关系。

蔡筠和谁都谈得来，只要他想。

梁丽没让他去自己家，她感觉不好意思，家里人还不知道。

开学后，他们还和以前一样频繁互动，但后来蔡筠的课多了，他学的是土木工程，有很多动手实践课，梁丽每天都会等着他有空了，能找自己聊天、视频，哪怕只是发个微信也是好的。

她突然有点害怕，蔡筠是不是认识了其他女生。下学期也很快过去，梁丽的课程也很多，想蔡筠的时间也少了，两人也不再像以前天天联系。能和蔡筠待在一起，梁丽还是很开心的。可是没想到蔡筠这个学期很忙，总有很多事耽搁，两人见面的次数寥寥。

回家以后，梁丽只能和妹妹重温以前校园，一起吃学校对面的小吃，顺便评论有没有变口味。

有一天晚上，她和妹妹一起去学校旁边的奶茶店，妹妹说在路对街的奶茶店里看到了蔡筠。

梁丽不信，他回头去看，发现真的是他，和一个女生在喝奶茶。她立即发微信问蔡筠在哪儿。

很快，他就回了“在和爸爸出门谈事呢，宝贝明天来找你。”

梁丽的心凉透了，奶茶也没喝，回家哭了半天。

蔡筠来找梁丽时，她提了分手。

蔡筠不同意，梁丽就把昨天晚上看到的告诉了他。蔡筠说那是怕梁丽不开心才说谎的，他和那个女生之前是普通朋友。梁丽又想到了蔡筠以前的花心，如此的一个人怎么会为了自己收心呢？

分手后，梁丽感觉到校园生活确实很丰富，但她没办法融入，只能埋头学习。她学的是德英双语，课程在大二这年安排得很多，几乎没有时间去感受丰富的校园生活。但她每天还是想着蔡筠，想着他是不是交了新的女朋友？

梁丽总是在上课的时候走神，她把蔡筠慢慢地放在心底，开始接触新的朋友，开始了新的大学生活。

第二个暑假回来。妹妹介绍了她的男朋友给梁丽认识，一聊起来才知道她男朋友的哥哥是自己闺蜜的初中同学，叫刘刚。当然不是蔡筠喜欢的那个闺蜜。

梁丽对刘刚产生了莫大的兴趣，第一次见面都表示对他很有好感，第二次见面，他们就在一起了。

这是梁丽的第二个男朋友，他们都在东北上大学，刘刚在哈尔滨，离长春不算远。梁丽只要是放假有时间就去找刘刚。他们一起去了哈尔滨的一条河，在朋友圈发了很多拍的照片，留下了美好的回忆。

大学同学都说他们俩很有夫妻相，但她的闺蜜（刘刚的初中同学）并不看好他们，可是没有说出来，她知道这样会让梁丽不高兴的。

果然，不到一个学期，他们就分手了。梁丽说刘刚不是他想要的那个人，给不了她要的那种感觉。

原来在梁丽和刘刚在一起的时间里，一直和蔡[illegible]有联系，他们是初中好友，蔡筠一直在以好朋友的身份联系她，时不时地打电话关心问候。

闺蜜说这就是她和刘刚分手的原因，梁丽说不出来是或者不是。她早已对蔡筠死心，但蔡筠的关心会让她忍不住开心起来。梁丽觉得自己还是喜欢蔡筠的，只是不再相信他。

暑假回去，她和蔡筠又在一起了，等她告诉闺蜜时她们已经分手了。

梁丽在之后的两年里，又交了几个男朋友，但都不到一个月就分手了。

大四，蔡筠告诉梁丽，自己一直在等她。

“我不会同意的。”梁丽告诉他。

“那我就一直等，等到你结婚，我就随便娶一个。”

梁丽不相信他，但是又控制不住自己的小奢望，她很矛盾，又过不了自己这一关。

最后两人都在同一个城市工作，偶尔聚聚，彼此都不提以后的事。

攒足运气，遇到合适的人

一

三十岁之前的大部分时间，都要浪费在自己不喜欢的人身上，这是无法避免的事情，因为从一开始你并不知道对方是否合适，只有尝试了才知道。如果一开始就害怕浪费时间和情感而不勇敢迈出第一步，那么浪费的生命会更多。

很多人要说服自己喜欢上一个人，总是说对这个人的第一印象很好。第一印象这种东西是存在的，有的人就是因为给别人留下了极差的第一印象，所以从那以后，无论他再怎么努力追求都没用。不可否认，钟情于第一印象，是钟情外在的东西，比如容貌、气质，真正相处长久的基础并不是这些东西，而是对方的性格、处世。

在这个前提下，如果自己已经形成了一套择人的标准，遇不到自己喜欢的人，宁愿把生命浪费在自己的身上，也大可不必浪费在他人身上，这种做法是可取的，毕竟要付出一段感情，从身体上和精神上来说都特别耗费。没有必要为了寻求刺激，追求另类，去触碰那些不喜欢的身体，去回复那些不想回的词句，去拥抱那些无趣的灵魂。

不喜欢，那就分手。分手后，我们变得异常强大。但这种事情，不管是谁先提出来的，都给彼此的心灵造成一定程度的伤害，我看过一句话：只要男生不想分，基本就分不了。这句话有些片面，在大部分情况下确实是男生不提出分手，这段感情就能继续，毕竟女生对于情感比较敏感，比较在乎。在感情里，应该先提出和好的那个人最好是男生，只要他抱住女生说对不起，那她就舍不得离开。如果是反过来，跟男生说对不起，他可能会顾及面子，走得义无反顾。

二

不要做情感里的老好人，不要同时对所有的异性都好，你的脾气好并不代表别人都能承受和喜欢。从另外一种角度来看，脾气好，除了是自己内外兼修以外，还有可能是没有人迁就你；思想成熟，除了是自己善于发现总结以外，还有可能是你常常孤独寂寞，没人陪你；因为寂寞，所以才会有那么多的时间思考问题，思考人生。喝醉了总能安全到家，到一个完全陌生的地方总能很快适应，被领导批评总能独自承受，总是在漆黑的小道上敢一个人往前走，我们不能以为这个是超能力，归根结底来说，是出门在外没有人照顾自己，只有你能照顾自己。孤独也不知有坏处，它能够让一个人变得异常强大。

即使是我们找了一个脾性合得来，三观相似，在一起特别舒坦的朋友、爱人，也避免不了会产生矛盾，但是这并不可怕，吵架其实是生活的润滑剂，如果处理得当，它能够让情感更加巩固，对于情感的加深有助推作用。处理不当，那你们之间就会产生隔阂，继而是放弃、分手。如果你们是因为安静太久了想闹腾一下，吵架了又立马和好，有一方会立即认输，这样的情感是很幸福并且是大多数人所苦苦追求的。

三

人生有三大境界，分别是看山是山、看水是水；看山不是山、看水不是水；看山还是山，看水还是水。这同样适用于恋爱的三大境界，第一层：看见了你，便云海翻腾、江潮澎湃，你只消站在那儿，千帆竞逐都是奔向于你；第二层：与你相伴，靠山吃山靠水吃水、依山傍水，甚至是高山流水遇知音的关系；第三层：山环水抱、山情水意，逢山开路、遇水叠桥。

人只要成功了，就越来越会忘记自己当初为了什么而出发，只要有了一点名气，就会到处给人家讲道理，成功人士的道理，看起来很能让人信服，可是那些事迹早就已经加工了无数次，已经不是原汁原味的了。而女生呢，也不喜欢听男生讲道理，她所喜欢听的是那个男生讲道理的态度。

四

有的人喜欢独处。孤独是一种由内而外的不合群感，当我们身处一个完全陌生的地方，就觉得生活突然失去了一切动力，仿佛没有什么目标，这时候的我们常常和原来的情感链保持着联系。孤独是不可避免的，尤其到了成年之后，我们总得为了生活远走他乡，总得走出以前的感情圈，没有人能逃得过孤独。

现在的网络如此发达，建立情感的周期越来越短，似乎现在的人都不喜欢表露自己的心声了，明明心里是很想与你时时刻刻在一起的，但是不敢表现出来。可能是越来越多的人感受到婚姻的恐惧，对于以后的车房、孩子的教育问题而担忧，所以想自己一个人过完这一生就行了。宁愿独处，孤独终老，也不愿给喜欢的人带来累赘，害怕过于束缚的爱情、婚姻会成为自己的羁绊。

我们这一生，要攒足多少运气，才能遇到一个合适的人。如果只是一厢情愿的话，痴情只会成为别人的负担和拖累，不适合自己的鞋和衣物，如果还要坚持穿在身上，那么会有一种东施效颦的喜感，当然，把不适合的人比喻成鞋和衣物是一种不尊重。不合适的人，不如潇潇洒洒挥手扬了他，不必为了挽留而低声下气，前提是你已经绝望到底。

转角遇见，填补遗憾

那年时间刚好，落日的余晖洒在青春的脸上，一个男孩静静在操场上感受这晚霞带来的青涩。一个女孩悄然从他身旁走过。这是他第一次心动的感觉，上大学之前从未有过的感觉。

女孩低着头笑着，他也跟着女孩泛起一丝笑意，那一刻他心里默默许下一个愿望，他希望他能够牵着眼前的这个女孩的手。

自那一刻起，他时刻都在关注她的一举一动。

她在他的隔壁班，每次当男孩走过女孩的班级，他总是在四处观望着女孩，每当看到女孩，他也会怦然心动地对着女孩笑，他希望这一刻能多停留几秒。

青春的时光在流动着，他每天都在注意着她的一举一动，他觉得每次看到她，这是他最快乐的时刻。他的老同学和女孩在一个班，他悄悄告诉了老同学，他的老同学也成功帮助他得到了女孩的QQ号，他加女孩QQ的那一刻，他希望女孩能第一时间同意他，终于如他所愿。

他："你好！"

她："你是？"

他回答："我是你隔壁班的。"

女孩回答他："哦哦，你叫什么名字啊？"他激动地告诉了女孩他的名字。就这样，他和女孩不再是陌生人，他和女孩开始一天一天的熟悉起来。那一次他和女孩说："下一次遇见你一定要和你打招呼。"他每天都在找机会希望能和女孩见面。

终于等到这一刻，他和她下了课间操，他积极地跑到女孩班级的门口等着她，女孩过来了。

他热切地上去打了招呼："嗨，你好，我是每天和你聊天的那个！"

就这样，他和她是第一次见面说话。男孩觉得这一刻他是最幸福的。

时间一天天过去，男孩和女孩每天都无话不说。终于，男孩下了一个决定，他希望女孩能和他一起走。

那一天晚上，男孩和朋友外出玩耍，醉醺醺地回到宿舍，不知道是男孩的勇气，还是酒后壮人胆，他拿起手机发了一条短信给女孩：做我女朋友吧！

他怀着忐忑的心情等待女孩的回答，女孩是羞涩的，而下一刻男孩的心情是多么激动，因为他等到了一个满意的答案，他心里默默许下决定，一定要保护好她一辈子。

多年以后他才知道，所有人在发誓的时候都是真心的，觉得自己一定不会违背承诺，而在反悔的时候也是真心的，觉得自己真的做不到了。所以，誓言这种东西，无法衡量坚贞与真假，也不能判断是非对错，它只能证明，在说出来的那一刻，彼此曾真诚过。

他们每天嘻嘻哈哈的愉快过着属于他们的时光，可能是那时男孩想得太简单了，他以为，他和女孩一辈子不会发生矛盾，而今，男孩才明白，感情中没有永远的呵护与单纯。

女孩对男孩说：“我们分手吧，我家里人知道我们谈恋爱了。”

男孩对女孩说：“嗯，好的，等我们毕业了，我一定会追你回来。”

女孩也答应了男孩，终于，他们不再属于彼此了，但是男孩心里对自己说，他一定会等到女孩的。

男孩和女孩的生活也回到了平淡的学习生活，但是男孩还是每天都在关注着女孩的点滴，希望自己能多给女孩一点关心。

大学的时光是最美好的时光，也是最不经意间很快就飞逝的时光，很快，女孩和男孩迎来了毕业季，毕业的那一天，男孩就打电话给女孩：“你答应我的，现在已经毕业了，回来吧。”

女孩给了他一个不确定的答案，男孩知道这一刻他失败了。

但是男孩没有放弃，他对女孩说：“我还会继续等。”

那一年男孩如愿去了一家大公司，而女孩面试频频被刷，女孩要开始了自己的读研生活，男孩也要远赴他乡开始自己的新生活。但是男孩心里没有放下女孩。身边的朋友就在劝他：“别再耽误自己了，你应该拥有更好的。”

男孩没被任何思绪打乱，他告诉自己，她一定会回来的。就这样，男孩用了他一年的时光等待女孩考上研究生，他默默地鼓励着女孩，默默地给女孩帮助。女孩终于如愿考上了大学，那一天他对女孩说：“让我照顾你吧。”女孩对他说：“好啊！”男孩还以为女孩给他开玩笑呢。男孩又问了女孩一遍。女孩没有骗他。

就这样，他们又走到了一起。也许时光总是最残酷的，让很多重要的人变得模糊，让很多刻骨铭心变成昨日时光。

或许，旧时光里的童话，早就没人在意它的真假；或许，过往回忆里的誓言，早就没人在乎是否已兑现。人海里的相遇，悸动带着期许，人群后的分散，心伤藏着不甘。

男孩放假回家了，不知为何，男孩每次说去找女孩，但是女孩每次都拒绝男孩。男孩也一直默默包容着。

某一天，男孩再也忍不住了，他对女孩说："我们先分开一段时间吧，我不习惯在眼前的你却永远触不可及。"

女孩对男孩说："我尊重你的选择。"

就这样，他们从时刻联系变成了不再联系。

男孩回到公司，他也曾找过女孩。女孩对男孩却是爱理不理的，男孩知道了，女孩这一次是真的走了。女孩不知道的是女孩留给男孩的旧时光，让男孩爱上了吸烟，男孩告诉自己，一定会过去的。

男孩心里还有着她，但是男孩再也不会去找女孩了，他知道，女孩只能默默地在自己的心里了。也许时间是最好的解药，男孩把女孩放在了自己的记忆里。男孩知道，总有一天要跟所有的记忆相安无事握手言和，那里面有她有你，有她的青春，也有你的年华。那个人永远活在时间里了，你拉不出来她，自己也回不去，就这样吧，让她安静的留在那里吧。

在那里，她不会发福不会老去不会带着家长里短柴油米醋的气息，她永远年轻永远漂亮穿着长裙站在回忆里，对着你笑靥如花。他希望女孩能过得幸福，希望下一次的遇见他们都会对彼此说："嗨，好久不见！"

最好的给亲近的人，最糟糕的给陌生人

一

年少的时候，我们特别喜欢在自己的留言板上写下自己的心情，也很希望自己的空间常常被人访问，当看到浏览量越来越多的时候，自己的心情也会越来越好，但是，当我们从青春时代跨入成年人的世界，我们却很少把自己的心情公之于众，不想随意被解读和评说，把权限设置为少数人可见，把心情设置为多少天内不再显示，甚至是昨天发的东西今天就删除，前一秒刚发出去这一秒立刻删除，这意味着我们逐渐成熟，不想让别人看见过去矫情愚昧的自己。

从少年步入青年，一眨眼就跨过去了。

当我们躺在床上开始胡思乱想，准备一盆热水开始泡脚，挑灯写着那些散佚的词句时，意味着这天将要结束；当我们开始喜欢吃热气腾腾的火锅，吃着路边烤得热乎乎的红薯，穿着压在箱底很久的棉裤，意味着这年就快要结束；当我们反复跟孙子孙女重复说着以前的故事，常常光顾医院与药店，开始试着写年轻时候的回忆录，意味着我们这一生就要结束了。

一辈子说长其实也不长，时间过得很快，要想经营好这一生，真的不容易。

世间的很多事情是相互矛盾的，但社会是在矛盾中不断前进的，人也是如此。比如，脱贫比脱单更重要，这句话和你若盛开，蝴蝶自来的意思相近，都有一定的道理，而事实却是你真的脱贫了也不一定能脱单，你开满繁花，蝴蝶也不一定光顾，只能说，你具备这些条件以后，比别人要多了一些胜利的砝码，把你的不甘化为动力，之后你会减少许多遗憾，这并不代表你一定能胜利，因为还有一种东西，叫作是正确的年纪、合适的时间遇到对的人。

每个人都会获得爱情，有的人在二十岁之前就拥有了，有的到了中年才遇到真爱，有的人可能要到了老年才会遇到自己的心跳女孩。

二

我们到了该结婚不可的年纪，家里为了我们的婚姻可谓是操碎了心，但我们要记住，我们结婚不是为了爸妈结，也不仅仅只是为了了却他们的心愿。

娶一个好的女人，决定着你的生活质量的高低，甚至是左右你的人生高度和层次；嫁一个对的男人，决定着你的生活状态，甚至是增加你的眼界和灵魂的宽度。

我们生命中出现的一些人，尽管他们的出场方式惊艳众人，但他们只是匆匆过客。而有的人出场很平淡，却给你带来了星辰大海，这些人是值得用生命去珍惜的。

一个人最好的状态，是不去随意打扰别人的生活，这是对自己的尊重，也是对别人的尊重。打扰别人在一定程度上会给别人添麻烦，我们始终如一向往平稳的生活，同样也不希望被别人随便打扰。

这辈子陪着自己最多的那个人不是另一半，也不是自己的孩子。而是你自己。何必为了生活中的坎坷和困难跟自己较劲，你的爱人，你的儿女终有一天都会离你而去，没有人可以无时无刻地陪伴着你，请善待自己。

三

能够在别人说话时保持沉默认真倾听的人并不多，能够控制住自己的嘴巴不乱说话的人很少，两者都兼顾的人，他们都知道沉默是金、祸从口出的道理。

沉默并非坏事，总比随意向别人承诺好得多。

这个时代的承诺都很廉价，到处滥用“一辈子”和“永远”这两个词，但是真正做到的人太少，要遇到这样的人也很难。当一个人拍着胸脯对你承诺永远时要有防备，如果他是一个负责的人，就不会随意许诺，因为他知道，未来充满未知。

不要轻易许诺，但一定要勇敢表达自己的心意。

当你喜欢上一件东西时，千万不要止步于它昂贵的价格，不要盘算着等着降价才来购买，喜欢一定要买，不要给自己留下遗憾，这个前提必须是，钱是你自己挣的。有用的东西，再贵也要买回来，没用的东西，再便宜也不要买回家放着。找对象和买东西是一个道理。

我们总是把最好的一面给了陌生人，把最糟糕的情绪给了最亲近的人。因为我们觉得亲近的人可以随意发脾气，而陌生人必须要客气礼貌，把“谢谢”两字挂在嘴上，恐怕对于亲近的人，“谢谢”两个字是难以启齿的，大概是我们觉得，我们之间的感情已经超越两个字的范畴。

经历过人情冷暖才明白，没有谁可以像父母那样不求回报地对你倾注所有，我们在他们的身上过问最少，花时间也最少，总是以工作繁忙没时间为借口，从未关注过父母的逐渐老去。烦请想一想，当你说着工作繁忙的时候，你是不是正忙于各种应酬和聚会，忙于和别人谈天说地。

关于爱情

蓦然回首间

当大海在喧嚣中，退远

当天空在风声中，渐却

故乡，便在丘陵的起伏中，退去

生命秋了，最熟悉的声音和人也

跟着秋了

落叶开始撒满一地

掩盖住那些最熟悉的味道

枯黄的曾经撒满童真的小路，那

一串串遗落在青石板上的笑语，

甚至平时伏在树上让你听得

不厌其烦的蝉鸣，都重新幻化出另一个

光景，让那些过去的回忆、童年和青春，

在接二连三的驿站开始画上完结的句号

一切，都随着倾斜的山坡

命运的轴承，逼近黄昏了

大学的友谊

我还清楚地记得上大学第一天的情景，说实话，这是我第一次来外地，对于所有的人和事都保持着好奇和敬畏之心。

报道完以后，我找到自己分配到的宿舍，特意地关注了一下室友的名字，想到即将要和他们相处四年，既期待又恐惧。那段时间，我很少说话，要让我流利地表达自己的情感，简直为难了我这个大学之前基本上不说普通话的南方人了。

把被褥都铺好以后，接着寝室就来了一位新同学，有些微胖，戴着眼镜，他的父母跟他一块来的，他自己铺好床单以后，我和他简单对了话。现在已经想不起来是谁先开的口，大概内容就是两人互相介绍了自己的名字之后就没说别的话了吧。

我们的长辈们分别叮嘱了我们之后，就离开了。我和那位同学面面相觑，半天也没有逼出几句话出来。快到中午的时候，我要和他一块下去走一走，在宿舍大楼的拐角处遇到了我们另外一位新室友，高高瘦瘦，不善言辞，编程能力很强，但是生活治理能力太差，生病的时候竟然去网上找攻略，而且还照着攻略实施，总让我们哭笑不得。见到他的时候，他说他打篮球刚刚回来，我也知道了他的名字。我们宿舍一共四个人，第四个人一直没有出现，宿舍是按照班级和姓名的先后顺序来划分的，因为姓氏相近的原因，我们三人分到了一起，实在是一种缘分。大约十多天之后，我们确认了第四位室友没有来报道，但幸运的是，我们迎来了一位其他班的同学。

他的出场是极为搞笑的，“哎呀呀，我刚来的时候，宿舍都满了，老师让我先去楼上，然后又把我调到学长他们宿舍，最后，又让我来这里。”他一边说着，一边整理他的行李，让我们感到意外的是，第四位室友没有因为班级之分而和我们存在任何芥蒂，归根结底，还是因为他的游戏打得好。

宿舍四人总算是凑齐了，从外貌和形体上来看，俨然是一队“高矮胖瘦”组合，我当然是矮的那个，毕竟南方人的温文尔雅比不上北方人的高大威猛。

经过一段时间的磨合，我们对于彼此的性格全都了然于心。第四位室友是湖南人，他的家乡话对于我们来说简直是天书，每次他只要和家里人通话，完全不用避开我们，因为除了一些特定的数字字母名字之外我们是一句也听不懂的，我说的话，如果说得慢一点，少夹杂一些家乡的特色词语的话，其他三位室友基本上都能听得懂。另外两位是天津人，平时说惯了普通话，不会存在表达上的障碍。为此，他们还纠正我一些语言上的错误。比如说，湖南与福建，我们从来不分 h 与 f 的，每次室友都要苦口婆心地教我，还有“一”的读音，我是上下两排牙齿紧紧挨在一起发出音来，而室友给我示范的是嘴巴微微张开发出声来。

在室友的教导和鼓励下，一个月以后，我的普通话终于敢拉出去晒一晒了，将近一个月的时间，除了和室友交流之外，我和别人说的话加起来不超过十句。

我们学的专业是软件工程，反正无论上课还是写作业都要用电脑，这对于基本没接触过电脑的我简直是一座难以翻阅的大山，他们都有电脑，就我没有，催了家里一个月，终于寄钱给我买了一台。拿到电脑以后，除了懂得怎么开关机之外，别的基本一窍不通，那位精通编程的室友也不厌其烦地教我，我从打字开始学起。拿到新电脑，总是怕自己的不当操作而毁坏电脑，室友就对我说："与其让别人弄坏你的电脑，还不如让自己尝试，不要怕，大不了就换系统。"对于换系统这个操作，我是大三才会的，前两年想换的时候，总是有求于他，有时他在打游戏，也懒得帮我，说实话，那个时候室友觉得我挺烦的。

等我们都熟悉了各种老师的脾性和各种规章制度以后，我们就开始变得放肆起来，起初，我们起床都会叠被子，但是那位编程很厉害的室友开始不叠以后，我们宿舍就兴起了一股从不收拾床铺的风气，我记得从那以后，我就再也没叠过被子。逃课的风气，也是他带头的，大家都奉承六十分万岁的理念，只要估计到自己能够拿到这个分数，就可以随意一些。有的时候睡醒了，不想去上课，那就集体都不去，有的时候老师会一节课点名三次，即便是还在睡梦中也要拉上一起去上课的。

他们三人都有共同的爱好，玩着共同的游戏，基本上每天晚上都要一块玩，我对于游戏毫无感觉，有时独自坐在那觉得很多余，他们给我装上游戏之后，我往往玩不到一天就删了。后来再要给我装游戏的时候，室友常说：“小应子顶多玩两把就会卸了。”因为他们三人常打游戏，把我排除在外，我曾经想过要搬去别的宿舍，因为觉得自己和他们格格不入，毕业了才发现当初这种想法是多么幼稚。游戏看得多了，我也大概明白那些套路，有时他们三人一起玩的时候，我搬上我的椅子坐在旁边，室友又说，“来来来，让小应子分析一波。”

一个人独自在外，偶尔会觉得莫名孤独和寂寞，胖室友跟我一样，是一个感性的人，我们彼此觉得熟悉到一定程度的时候，就开始敞开心扉，聊一聊自己烦恼的事情。那几年，家里的事情常常折磨着我的心性，幸好他们三人成了我倾诉的对象，当我获得什么奖项荣誉的时候，也常常和他们分享这份喜悦，当快乐和烦恼有人分享和倾诉的时候，幸福就变得容易许多。我喜欢写作，他们给了我很多鼓励，让我不要放弃自己的梦想，总有一天会成功的。

用一两年的时间摸清学校的各种套路之后，我们变成了老油条，大一的时候会准点起床，自己写作业，准时去食堂带饭，从大二下学期开始，宿舍便热衷于订外卖，那个来自湖南的室友和我们的课恰好是错开的，我们早上如果是第一节有课，第二节没课，那么他恰好是反过来的，所以，他常常会成为我们带饭的最佳人选。

起初，他还是可以给我带饭的，但是到后来，我们越来越懒，我们帮他带饭只需带一份，他帮我们就要带三份，他开始精明起来。一开始，早上他要去上课的时候，我对他说：“清泉，帮我带一份饭吧，谢谢啦！”

他的回答常常颇有意思，“自己动手丰衣足食。”“我不带啊，我真的不带啊。”等他中午回来，我看我的桌上，多了一份。大约到了大三，他这样说的时候果真不给我们带了。

我们宿舍四人都比较宅，印象中好像四人没有出去旅行过，宿舍的活动很简单，有谁生日的时候，一起出去吃饭，或者节假日和周末偶尔也去。大三的时候，似乎迷上了“狼人杀”这种游戏，有时玩到深夜一两点。

每个学期放假回家，他们似乎都会送一送我和那位湖南的室友，回来的时候也会来接我们。我还清楚记得我们三人接湖南室友的故事。

湖南室友对我们说，他快要到天津了，我们三人开始出发，坐地铁去接他。一路上，我们和他频繁通话，常常互相告知双方的位置，以便于下火车就能接到他，没想到，我们到了目的地的时候，他的手机突然没电，联系不上我们，他就先回宿舍了，我们在那等了很久不见人来，想到他可能提前回去了。果然，我们到宿舍的时候，他已经开始打游戏了。

平时，老师布置的作业，我们基本上是等着其中一位写完，然后再发挥“复印机”的功能，有时室友的字迹写得潦草，琢磨了半天也认不出是什么东西，只好照葫芦画瓢，错也要错得一致，至于到检查实验和程序的时候，往往是从别的宿舍拷贝过来，然后修改一下界面，大家再一起研究那些代码，设身处地去想老师会提问什么问题。

除了我参加了学校的社团之外，他们三人似乎都不喜欢与那些人打交道，但是，如果我需要人帮助甚至是投票竞选的时候，室友也会发挥他的技术优势帮我一把的。

相处久了，大家也都变得流氓起来。室友常开玩笑说，“当初我认识的那个纯洁的小应子去哪了？”关系越铁，说话越损。但是到了关键时刻，绝不含糊。

到了期末，我们才开始真正学习，真的佩服那个时候的领悟力，能够在短短几天甚至一天或者只是一个晚上就能把一本书的内容全部搞定。

我在期末的功能就是负责向室友和更多的人传达来自于我在学霸那里讨教的东西。考前一天，我先去学霸们那里学习，把老师划的那些重点和题目逐个向他们讨教，并且把他们的心得记录下来，比如说某道题要看书上多少页的知识点，要用哪种公式，我全都记录下来，等到我基本能够讲清楚这些东西的时候，到了晚上七点，就集中在我们宿舍给他们讲课。起初，只是我们宿舍四人在那一起学习，后来其他宿舍的同学发现了这个秘密基地，干脆也过来听一听，最后考试的结果一出来，基本上没有挂科的，除非是平日逃课太多的人。

大三下学期，我们要开始实习了，四个人去了不同的地方，我们三年的友谊，划上一个圆满的句号。

我们每个人都要选择不同的出路，分别的那天，以为和之前的室友再也不能相见。还好，那位胖室友和湖南室友跟我一起去了学校的研究所。

我们六个人一个宿舍，因为工作的关系，有三个人在外面租房，有一个人培训不到一个月就退学了。所以，宿舍（313 宿舍）就只剩下我和另外一个室友。

为了活跃宿舍的气氛，尤其是在三个月的培训期结束之后，我们和隔壁宿舍的交流频繁起来。两个宿舍的人没有一个是在毕业前找工作的，大半年的时间，我们每天的生活状态基本上是混吃等死，除了三个考研的，两个考公务员的，其余的人每天的生活状态都特别有规律。

研究生和公务员考试过后，大家的状态都持续相同。每天一早，我洗完脸就去隔壁，快到中午的时候大家常常在一块商量订什么外卖。

因为我常去隔壁，我也常常自诩“我是 312 的人。”要是某天我不去隔壁，我们宿舍的那位室友就要说：“哟，难得更哥（本人绰号）今天有兴趣待在我们 313 啊。”

考研那段时间，三位好友常常去楼上复习，朝九晚五，只可惜，最后只有一人去读研去了，另外两人准备二战。考公务员的两位，都考上了，一位在遵义，一位在西藏，就是我。

最后一年的时间很快，但我觉得大概是我过得最有意义的一年，我们一周总要去一次或者两次游泳馆，也教会了两个不会游泳的同学，偶尔三五个好友围坐在一起欣赏各种恐怖片，而他们也常常被我奇怪的叫声和动作而吓到，我说：“这是为了增加恐怖的气氛。”

写毕业设计的时候，交什么东西都要往学校跑，所以我们几个人常常结伴骑着自行车穿梭于繁华的街道之间，顺便也领略了天津美丽的夜景。

做毕业设计的时候，整个楼道都活跃起来，写那些复杂而又陌生的程序和文档，简直耗费了我们这群人几个晚上的宝贵的青春。幸好，大家都顺利通过了答辩。

毕业那天，我们各自祝福，相互道别。在一片慌乱中就匆忙告别大学生活。

回到家，整整一个星期，我才缓过来。我问之前的好友，对于那段生活或者说对于大学友情有什么感受。一好友答：“能有什么感受，兄弟搓澡，天荒地老。”另一好友说：“非常怀念一块订饭一块游泳的日子。”

对于过去发生的事情，我是很难完整地回忆起一件的，有的事情无论你怎么使劲去想也想不起来，但是在你不经意之间，那些事情又会莫名其妙地从脑子里活了起来。有的事情又奇怪得很，无论是还未发生的事还是刚接触的人，都会让自己产生一种错觉，莫不是以前遇到过？

接触的人越多，我们会发现，那些新交的朋友，其实或多或少在相貌上语言上都会和自己以前的老朋友相似，有的人相似度还很高。

说了这么多，其实大学的时光过得很快，尤其是大一过后，还没来得及领略和饱尝大学生活，时间就悄悄溜走了，那些平日里的日常对白现在成了无限怀念的生活，我们的友谊，又岂是这篇文章就能表达完全的。工作了以后，才发现，人生在世要拥有真正的友情太不容易。人人都说，最好在工作之前找一个女朋友，谈一场恋爱，因为工作以后，要考虑的东西就很实际和物质了，友情和爱情一样，充满信任、真挚而又纯洁的友情，其实大多发生在学生时代。我们之所以觉得大学过后的友情不再纯粹，恰恰在于我们给友情添加了太多功利性的需求，添加了太多计谋性的杂质，完全不同于学生时代的干净和纯粹。

高中大学友谊的异同

时常在朋友圈看到大家在怀念以前的友情，回忆这种东西很奇怪，总是会主动去粗取精，如果你觉得一个人不错，那么你回忆出来的东西大多都是关于他好的一面，反之，如果你讨厌一个人，那么总会自然而然地想起很多关于他的负面印象和传闻，即使他曾经在你困难的时候帮助过你。比如我，我现在见到以前的高中同学，他给我的印象始终都是那个上课总是喜欢问老师甚至是故意提一些刁难问题的人。

我问一个高中以来就特别好的朋友，让他阐述一下对大学友情的看法。他的回答倒也很干脆“这个咋说呢，也就那样吧，大学里的感觉没有高中的内涵。”我说：“那就说高中的吧，天马行空地想。”他答道：“高中应该没有大学那么实际吧，高中很纯粹，没那些乱七八糟的想法，大学感觉就不一样了。”

确实，高中的时候，大家的目标基本都相似——考一个好的大学，主要任务便是学习，不像大学，空闲的时间很多，可以随意逃课，只要你能保证不挂科就行。所以，高中的友谊，基本上都是围绕学习而延伸的，大家一起讨论题目怎么做，偶尔也会一起讨论哪个女生长得比较漂亮，那时候，男生之间的友谊也很纯真，除了永远都做不完的功课之外，很少有其他项目。

大学就不同了，大家的目标不再统一，有人要考研，有人立志要做官，有的比较迷茫，还有一些是四年都在抱怨填志愿的时候瞎了眼选错了专业。由于大家的空闲时间较多，对于学习的态度就不同了，有人认真学习，大家就嘲笑他何必那么辛苦，我们信奉的是六十分就是万岁；有人过分沉迷于游戏，基本不去食堂，天天吃外卖，通宵达旦奋战，稍不注意就会猝死；有人把精力都放在搞对象上，一定要在学生时代谈一场恋爱才不算遗憾。

大学里的物质生活也比较丰富，毕竟出门在外，父母也怕孩子受委屈，尽可能给他们一切。有钱的人总是盘算着要买多贵的鞋和化妆品，或者是要追多漂亮的女生，没钱的人常会忧心于自己的生活费，生怕被没法拒绝的朋友叫出去大吃一顿，接下来就要勒紧裤腰带过日子了。

况且，现在的大学生含金量已经不如父辈那一代了。要是在二三十年之前，别人知道你是大学生，我想他恐怕会对你竖起大拇指，意思是见到一个大学生不容易，毕竟是知识分子。毫不客气地说，那个时候的中专生比现在的本科生厉害很多。现在，要是你的学历只是本科，恐怕你会羞于拿出自己的学历，因为知识分子遍地都是。很多早已告别大学时代的前辈们早就用时间证明了什么是友情，他们早就忘了大学是什么样子了，要是让他们体验现在的大学生活，恐怕也会相当惊讶吧。

我刚上大学的时候，竟找不到一个可以像高中一样可以推心置腹的朋友，而且无法建立牢固的友情，我以为是自己的大学等级太低，所以周围的同学们都忙于谈恋爱、打游戏，后来我问了那些名校的同学，原来大家的生活状态都大致相同。

大学时代的班级概念淡化了很多，基本上形成了以集体为单位的划分区域，相比而言，大学的友情果真复杂多了。一群生活环境不同，作息观念不同，甚至是三观不同的几个人住在一起，还要解决来自于地域文化的各种隔阂和差异，没有矛盾那是不可能的。

高中的友情看起来如此的牢固，只不过是没有和利益扯上关系而已。在大学，进一个部门，竞选一个部长都要勾心斗角。与其说是大学友情观念淡薄不如说是人与人之间的关系变得淡薄。现在的友情，变得很科技化，两个见面不多的陌生人，只要有了对方的微信号，隔着屏幕你们也能聊成好朋友。其实，大学的友情并不亚于高中，工作了的友情也不亚于学生时代，各个年龄段有不同的友谊罢了，友情的分界线并非如此明显。

喝最烈的酒，交最好的友

记得看过一句话，最纯洁的友谊终止于童年。虽然这句话多少有些哲学的意味，初看这句话，会觉得不可思议，现在这个年纪不也有纯洁的友谊吗？其实，仔细琢磨这句话的意思不无道理，小时候的友谊确实是纯洁的，没有那么多的勾心斗角和尔虞我诈，喜欢谁就和谁一起玩，讨厌谁也就不和谁一起玩，而且理由特别简单，就是因为不喜欢。年少时的友谊，充满了童话气息，总是那么纯粹。

随着年龄渐长，见过的人多了，越来越喜欢狗，话是很难听，不过是这个道理。人的眼睛有 5.76 亿像素，却总是看不透人心。生活总是这样，有时候即便是你处处慎言慎行了，有的事情还是无法预料的，那些和你在酒桌上互相许诺拍着胸脯说有事找我的好兄弟，没准以后会成为你的揭发者。事实证明，成年人之间友谊的不纯洁性，实在是因为家庭和婚姻划出了一片区域。

小孩子渴望早点长大，早点去承担责任，但当我们都纷纷长大了，才发现我们大人的目标就是做小孩子。小孩子和成年人的本质区别，就是成年人永远戴着面具，而小孩子敢怒敢言。成年人的面具如果戴得太久了，就会长到脸上，再想揭下来，恐怕要伤筋动骨扒下一层厚厚的皮。

我的观念向来是，只要和我谈得来的人，不管是老大爷还是小孩子，都可以成为我的朋友。我在心灵上一直过着两种年龄相互重叠的生活，可以和四五十岁甚至更为年长的长辈们谈天说地，也可以和两三岁的小孩子玩到一块去，那些没见过面的朋友一直以为我至少有四十岁了，直到知道我还是个二十多岁乳臭未干的臭小子时觉得一惊，原来你还没大学毕业啊！但这并不影响我们之间跨年龄和辈分的友谊，七十多岁的老人照样视我为“小友”，四五十岁的叔叔阿姨们依旧亲切地唤我作“弟弟”，这两种状态反而使生命不容易脆折。

对于友谊，鲁迅先生判断得很准确，“友谊是两颗心真诚相待，而不是一颗心对另一颗心的敲打。”要是某个人的一辈子没有结交过任何朋友或者说没有几个知心的好友，那么他的生命将会永远失去活力，从某个角度来说，友情比爱情还要重要。人可以一辈子不结婚，但是不可以一辈子不交朋友。

心若没有安定的地方，在哪都是流浪，如果一个陌生的地方，有自己的家人，有自己的爱人，有自己的好友，哪怕只有其中一个，我们的孤独感和陌生感都会减少很多。我们渴望别人的认同，渴望被别人的心永久收藏，妥善保存。

因此，朋友的作用相当明显，当我们热爱一座城市时，要么是因为这座城有自己的爱人，要么是因为这座城分布着几个好友。有时候一个人坐着，容易寂寞，也容易瞎想，尤其是在异国他乡，但是，当你想到这座城市里住着一个好友，那么你立刻会充满希望起来。朋友，便是这座城市里最让人牵挂的风景。关系好的朋友，平时和他在一块的时候，甚至想不到他有什么优点，但是当你和一个陌生的人一块行走而觉得非常拘束时，那个朋友的优点就会自然而然地跳腾出来，脑子里闪过的那些画面，回想起你们在一块时的那些言语，一幕幕地和新朋友之间将要开展的友谊一一吻合。

上学的时候，父母总是苦口婆心地对我们说，学生时代的任务就是好好读书，不要谈恋爱，但是等你毕业了，家里立刻就变得着急起来，开始给你物色对象，逼着你相亲，甚至是开始催你结婚。在他们的观念里，只要你一毕业，你就什么都有了，好像全世界的人都排队等着你似的。同样，年轻时代，父母或者老师总是鼓励我们好好创业，去奋斗吧孩子，勇敢追自己的梦想，好像这个阶段我们就不能交朋友似的，因为朋友和大学时代的恋人一样会阻碍你的前进，尤其是妈妈总会苦口婆心地说，“人家叫你去吃饭你不要去啊，叫你去 KTV 不要去啊，容易遇到坏人，递给你什么饮料，不要喝，给你烟也不要抽，万一人家要害你呢。”

人年轻的时候是为了工作而活着，人只要一到了中年，就会为了朋友而活着。到了这个年纪，和爱人之间的那点感觉早就被柴米油盐磨没了，中年时代也看惯了各种是是非非。各种曾经在年轻时代扬言要实现的宏伟目标将会一一退场，这个时候的成功的感觉，很大一部分是来自于周边朋友的认同。朋友的认同在任何年龄段都是至关重要的，我们在任何年纪都会期盼着它们，这可比那些看得见的职位升迁和经济数字要有用很多。很难设想，如果一个人获得了很多硬性的任命文本，经济数字也相当可观，但是却没有朋友和他分享这份喜悦，那么只会空落落的走完这一路，那是多么的无聊。

一个没有朋友的人，除非他是绝世的艺术天才，否则这种人是很难兼济天下的。朋友，是我们远行的送别者，是我们遇到挫折的鼓励者。但朋友也可能会成为揭发、操戈相向、举报的人。

那些以前的很多无话不谈的朋友，会因为各自有了不同的目标而越来越疏远，我们也都懒得联系，大家都重新建立了新的圈子。尤其在一个人在夜晚坐车的时候，看到车外来来去去的人流，有时候会突然觉得，这世界上那么多人，竟然没有一个人属于我。

事业的成败并不可怕，敌人的逼近也可以应对，唯独朋友的背叛让人措手不及。朋友不怕真坏，就怕假好。如果一个你充分并长期信任的朋友，突然背叛了你，和之前的那个好友判若两人，那种无法言状的虚假感是难以面对的。友情的轰塌并非是突然的，而是一点一点累积起来的。我们大多数人的生活都很平淡而且平凡，有的人一辈子恐怕也遇不到友情的突然崩塌，因此过了一辈子也无从得知友谊的真假，有时候活得糊涂一点反而更好。

无论自己身处什么职位，都不能忘记曾经帮助过你的人，无论自己有多么大的成功，都不能忘记曾经是为了什么而出发。一个人的时候，就善待自己，两个人生活的时候，就善待彼此，一堆人的时候，本着尽可能善待别人的心，放低姿态。

历史上的生死之交也有很多，我们周围常常把好朋友挂在嘴上的人也不少，处处都可以听到一二。但是，有的人，却是出于满足听众猎奇的心理，把好朋友的一些隐私袒露在阳光底下，供周围的人欣赏和评论，这种友情，即便是随口谈起的，也会让人猛吓一跳。在很多人的心目中，贩卖友情比维持友情更加有趣，他们所理解的友情，是可以在阳光底下任人随意解读的。这种人不在乎友谊，甚至觉得自己仍然忠于友情，只不过有的时候为了一些目标而不得不糟蹋好友，然而让他们预料不到的是，他们这种不经意的行为，对于他们的友情已经很难完全修复了，就像一张平整的纸，被揉过一次，那些折痕永远都会存在。有的人却又恰恰相反，他们秉持的看法已经使得他们进入了君子的范畴，把糟蹋友情看得比牺牲自己还要重要。

有个关于朋友的故事讲得很好，有个小男孩的脾气特别坏，没有什么朋友。他的父亲给他想了一个办法，先给他一袋钉子，然后对他说，每次只要你对别人生气的时候，你就钉一根钉子在木头上。那个小男孩照做了，第一天就钉了 37 根钉子，慢慢地，每天的钉子越来越少，他发现控制自己的脾气比钉那些钉子要容易很多，终于有一天，他发现自己没钉钉子的时候，他的父亲告诉他，当自己没有乱发脾气的时候，就拔出一根钉子出来。直到最后，小男孩把所有的钉子都拔了出来，并告诉父亲。父亲看了之后，告诉小男孩，你做得很好，虽然你把所有的钉子都拔出来了，但是你看看那些木头上的洞，再也不可能恢复到原样了。

语言带来的伤痛有时比真实的伤痛还要让人无法接受。你对别人乱发脾气，就等于在别人的心上面捅了一刀。不管你说了多少次对不起，那个伤口是不可能完全愈合了。

一个职位不低的人，看起来往往会有很多朋友，我们会认为这人在为人处世上相当不错，不然怎么会有人愿意跟在他的后面呢？但是，如果某天这个人突然失势了，他的友情会变得非常荒凉。因此，职位、金钱是检验情感的一种方法。正是因为有权有势的人地位高，他在结交朋友方面就有一种居高临下的主动权，结交的朋友很少有和他地位平等的，那些愿意和他结交的朋友，大多数都是被他的地位所吸引而愿意追随他和他一起奋斗。地位不对等的两个人，很容易就会失去了友情的平等性质。这已经不属于真正意义上的友情了，不是肝胆相照的朋友了，更像是互相利用的伙伴，互惠互利的合伙人。没有人能伟大到可以不用结交朋友，也没有任何事情可以不堪到非背弃朋友不可的地步。

看来，除了少数的例子，友谊很难和大过权利和地位，高智慧连在一块，除非是双方的三观和境界比较对等。试想一下，在我们这个时代，一个职位很高的人愿意和一个成天和泥土打交道的人结交朋友吗？恐怕微乎其微吧。有的人征服了所有，当他以为他的灵魂高贵到可以忽视身边的友谊秩序时，可能恰好是他后悔的时候。

这个世界上的最好的告别仪式就是沉默，没有哭声，没有欢笑，没有烈酒，所有打着请客吃饭给人践行的告别方式都是不诚恳的。我们并不需要在离别的车站大哭一场，更不需要陪着你一直走到路的尽头才作别仍旧不舍离去。

幸福其实很容易，只是我们的幸福常常都会在别人的眼里和嘴里，我们却看不到。我们一直寻找的，却是原本早已拥有的；我们总是东张西望，唯独漏了自己想要的东西。人这一辈子，莫过于追求和想拥有轰轰烈烈和刻骨铭心的爱情，拥有几个谈得了心、帮得了忙的好友。那些看似平常却弥足珍贵的画面会成为我们年老时无比怀恋的东西，比如今天，父母在旁，羊肉在锅，好友相念，不问明天。

何必费尽心机变成自己讨厌的人

从容，是处理爱情与友情的一剂良药。

我的长相因为和实际年龄不搭，所以每到一个地方，总是有问我多大了，当我说了我的年龄之后，他们都用很异样的眼神看着我，仿佛是在看一个高中生一样。以前我还总是在乎别人的看法，后来我渐渐明白，身体是父母给我的，我无法选择，再说，年轻的长相也是一种莫大的资本，后来当有人再说我小的时候，我立刻反驳道，成熟是体现在心里不是脸上，我的能力没有写在脸上。

和朋友们聊天的时候，总是把我和那些跟我实际年龄相同但是看起来比我成熟老态的人比较，朋友说道，只要你天天熬夜，以后申请去乡镇，在高海拔的地方工作几年，你就变得很成熟了。

都说岁月催人老，正常生理状态下的人，只要是经历过生活的风风雨雨侵蚀，行走在这复杂喧嚣的尘世，领略过人生的大起大落，时光总会在你的脸上和心上无情地留下刻刀。

每个人一路走来，从咿呀学语的孩提时代到风华正茂的少年时代，也走过舍我其谁，功成不必在我的青年。这一路，虽然我们很难做到心如止水波澜不惊，但是人却变得世故很多，沉稳很多。人的年龄越大，敢说真话的能力就越弱，不是因为我们不敢，而是我们有了畏惧，有了责任，害怕得罪人，会牵连到我们的父母、爱人或者是孩子。

所以，我们身上的棱角越来越少，被磨得越来越圆。情绪中多了一些思考和宁静，少了一些暴躁和桀骜不驯。对于梦想，更是不敢轻易尝试和追求，不像以前一样抱着无限幻想，以为只要上了大学，金钱和房、车这些东西自然会光顾你的。我们不得不向现实屈服，想象着等自己退休了再去追寻梦想，这个阶段的我们，性格多是内敛，少了张扬。

其实，少年人应该有老年人之识见，老年人须有少年人之襟怀，如果一个单位都是老年人的话，整个环境就没有一点生机活力，但是如果都是年轻人的话，很容易冲动，很多事情拿不准把握不住，这就是为什么很多单位的老年一代早已跟不上时代的步伐，也玩不会那些高科技的产品，但还是依然留在单位，因为他们的阅历广见识多，在很多大问题上都能掌舵拿准方向。

看破不说破，是一种处世的智慧，知道的不一定要说，不知道的一定少说和不说，知道的不一定非要发表评论，这是一种修养。事实上有的事情，只要你一开口，就意味着你已经输了，而你常常不知道是怎么回事。

老年人身上的这种东西，叫作从容不迫，这也是我们年轻人所缺少的。这种从容，是经历过大风大浪之后的大气和胸怀，是趟过千山万水后的镇定和无求，是一种天地有大美而不言的豁达与超脱。少了一些冲动，这也是老年人所缺少的。到了这个年纪，基本都已经看淡了一切是是非非，不再已经以成败论英雄，不再随意躁动。

从容并不等于妥协，也不等于冷漠，更不是代表软弱，每一种人都该在自己的权益受到伤害时果断站出来为自己说话。从容是一种虚怀若谷、海纳百川后的境界，是一种看尽了人间繁华，还能在内心深处保持着一份宁静的态度。

很多人只要取得了一点成就就会在他人面前炫耀，得意时特别张狂，目空一切，等到他突然失去一切，又会变得一蹶不振。正是因为他们少了这份淡定从容的定力，在面对生活的突然变革时就手足无措。

从容不是愚钝，有的人在听别人说话时，还没等人家说话就发表自己的意见，等到真正听完别人的话时，才猛然觉得自己眼光狭窄，因为他们缺少了一种大局眼光，不谋全局者，不足以谋一域。从容是过尽千帆阅尽沧桑后的醒悟和了然于胸的智慧，是难得糊涂的最好诠释。老年人越来越胆小，很多事情明明知道不对，但是他们不说，也不提。理智与生活相比，后者的重要性显然高于前者。

年龄越长，越来越容易发现我们孩童时代所向往的有钱人的生活，并不是我们所期盼的，到头来才幡然醒悟，平凡的人生才是最珍贵的。怕就怕我们这一生碌碌无为，却又说平凡难能可贵。我认为，真正的平凡，是在你追逐过你的梦想，为了美好的生活曾经特别努力奋斗过才归于平凡，这种平凡才是难能可贵，如果说是持续性混吃等死，不思进取，这种平凡是主观上的平凡。

毕竟，人这一辈子，带不走什么东西，能够来到这个世界上，已经很不容易。如果我们一生的追求都是轰轰烈烈，那么人的寿命会折损多少。要是我们每一天都活得有意义，那么我们得有多累，要是你力求所有人都能理解你，那你到底是有多么平庸。我们应该多享受生活，多用善于发现美的眼睛去观察生活，不必奢求那些难以得到最终发现根本就不适合自己的东西，也不必强求自己去做那些做不了不愿做的事情，当然，如果是生活所迫，有的不愿意做的工作我们硬着头皮也要上。

属于自己的东西，就要努力地争取，不要放过一点机会，不属于自己的东西，也不必过于强求，重在参与就行了，何必要费尽心机最终让自己变成了讨厌的那种人。

从容不迫的定力，是一种高深的处世谋略，看似非常平淡，其实进可攻退可守，不仅可以隐藏自己的能力，避免锋芒毕露，也可以在处事中留有余地。

淡定从容不代表人无欲无求，我们不是出家人，都是赤条条来到大千世界的俗人，所以，不能过分消沉避世，不可自我封闭。其实，一个从容不迫的人内心世界更加丰富，就像一个喜剧演员一样，他的内心是异常孤独的。

列夫托尔斯泰这段话值得深思：你能否做到胆大而不急躁，迅速而不轻佻，爱动而不粗浮，服从上司而不阿谀奉承，身居职守而不刚愎自用，胜而不骄，喜功而不自炫，自重而不自傲，豪爽而不欺人，刚强而不迂腐，活泼而不轻浮，直爽而不幼稚……

当然，市侩的品性是我们每个人都在所难免的，在染缸里浸泡的人，多多少少身上都要带一些颜料，只不过，我们应该尽可能让自己少一些市侩，多一些气质，建立自己的精神世界，生活不光眼前的苟且，还有诗意和远方。

简约的生活方式

明代著名音乐家、文学家朱载堉有一首散曲《十不足》：

“终日奔忙只为饥，才得有食又思衣。
置下绫罗身上穿，抬头又嫌房屋低。
住上高屋并大厦，床前却少美貌妻。
娇妻美妾都娶下，又虑出门没马骑。
将钱买下高头马，鞍前马后少跟随。
家丁招下十数个，有钱没势怕人欺。
官职铨到知县位，又嫌官小势位卑。
等到攀上阁老位，每日思想要登基。
一日南面坐天下，又要神仙来下棋。
洞宾与他把棋下，又问哪里可上天。
上天梯子未做完，阎王发牌把命催。
若非此人大限到，爬到天上还嫌低。”

这首散曲颇有意思。我们现代人似乎总是填不满自己的欲望，对于一些可有可无的东西耗费了自己的一生，甚至搭上了宝贵的生命，到了闭眼那一刻，才知道一切不过是过眼云烟，所追求之物不过是虚无幻想。

我们主张简约的生活，这种生活，并非只是吃一个菜、喝一碗汤，并非是做生活的铁公鸡，一毛不拔，而是我们要把短短一生的精力放在那些有意义的事情上面，放弃那些没有必要的，无效的，多余的事情，在有意义的、有用的事情上面让自己的快乐和幸福最大化。

很多人上班，不是为了自己，除了机械式地完成上司交付的工作之外，生活就没有其他的点缀，因为他们始终认为，公司是老板的公司，与自己无关，工作也只是为了完成工作而已，所以看起来去行尸走肉，若不是脉搏还在跳动，恐怕自己都觉得自己只是肌体还在活着，灵魂早就不在了。

对于自己喜欢的工作，肯定是会投入很大情感的，事实上很多人的工作都是自己不喜欢甚至是讨厌的，迫于生计他们不得不继续工作着，这样的人，实在不胜枚举，我们要善于培养自己的情感，哪怕只是其中的一个点。工作并不只是为了老板，而是为了增长自己的本事赚钱，不然，你天天做着一夜暴富的白日梦，幸运之神根本不可能光顾你，自己不强大，别人是不可能拉你一把的，道理很简单，就像打游戏一样，段位低的人只能和那些跟自己段位差别不大的人一起游戏，要是一个青铜水平的玩家想要王者玩家拉自己一把，你连和人家一起玩的资格都没有。就如许多人努力减肥一样，她并非为了自己，而是为了别人，其实关系已经反了。

快乐是一种发自内心的情感，不是表面上绫罗绸缎、仆从如云，不是别人口中所说的，你看那个人这么有钱，过得肯定快乐。有钱不等于快乐，很有钱不等于很快乐。如果每天都是一再重复的沉闷生活，那么即便是腰缠万贯也不会感到丝毫幸福。这里，恐怕有人要反驳我，我宁愿做一个堕落的富豪，也不愿做一个快乐的穷人。

简约的生活方式，首先是欲望要简约。奇怪的是，我们身边的很多人活了很长一段时间，竟然不知道自己为了什么而活，竟然不知道自己的真正的目标是什么。反正别人的梦想很多，不如让人家分自己一个，为了跟上潮流，就把自己折磨得人不像人、鬼不像鬼。

不给自己定一个实际的目标，那么这辈子你的梦想永不可能实现。我们所拥有的精力是非常有限的，因为不可能每天的 12 个小时都能保持饱满的精神状态，如果我们把这有限的精力投放在无意义的事情、欲望上面，那简直就是在折磨自己，浪费生命。

简约的生活方式，其次是精神要简约。有一句话说得很无奈，好看的皮囊千篇一律，有趣的灵魂万里挑一。皮囊可以修炼，实在不行可以整容。但是灵魂这种东西，是可能直接通过外力而形成的。每个人除了工作之外，必须要培养一样兴趣来提升自己，充分利用自己的闲暇时间。就如别人问我，你每天都要上班，哪来的时间写书呢？我说，我把休息的时间都用来写文章了。我并没有鲁迅那么伟大，把别人喝咖啡的时间都用上了。

一个有趣的灵魂，浑身充满了吸引力。现在确实呈现出文艺持续繁荣的景象，不少人喜欢阅读，不过他们读的是那些猎奇的新闻，媚俗的小说，对于传统的经典望而却步。我们只有在不断阅读和学习的过程中才能提高自己的技能，才能不盲目浪费自己的时间。简约的灵魂，永远是和书籍挨在一起的。

简约的生活方式，在接收信息方面要简。这个恐怕很多时候我们是无法左右的，要是一个年轻人离了一天手机，那他很有可能要疯掉。因为每天刷微博、刷朋友圈，已经成了我们生活必不可少的一部分，就连没事的时候，也是掏出手机观看，很少主动去书桌上抽一本书出来细细品味。

现在的垃圾信息、各种标题党处处可闻、可见，我们玩手机的时候，花了很大一部分时间在这上面，要想精简信息的输入源头，这不是我们能决定的，应该说，我们能看到的，是别人想让我们看到的。

要想彻底远离手机，甚至是不用手机，这个对于年轻人不太适用，老年人还有一定的可能。只能说，我们要定期远离互联网，定期清理那些已经在脑子里堆积成山的信息毒素。不要光是看到坏的一面，也要善于捕捉美丽的一面。

简约的生活方式，在生活方式上要简。我们去一个朋友的家里，或者有朋友到家里来，我们都会尽可能拿出家里最好的东西来招待，这样看起来似乎才不会让人家觉得怠慢了。偶尔吃一顿好的也不错，但是如果自己都囊中羞涩，还要打肿脸装胖子，就是愚蠢的生活方式。

交通工具越来越普及，一段很短的路都要开车过去；每天坐在办公室里面，也懒得出去活动筋骨；生活节奏快得自己仿佛已经赶不上似的，一步步地把自己推入没有任何节奏的状态；由于经常熬夜，所以经常和泡面、辣条之类的垃圾食品打交道；为了让自己更加标新立异，所以大冬天的也穿上露出脚踝的牛仔裤。等到老了的时候，一堆毛病袭来，暗恨自己年轻时候无节制的生活。

简约的生活方式，在物质要求上要简。我一直都不明白，有的人苦了一辈子，竟然是为了房子而活着。当然，作为一家之主，无论如何都要给家人买一处栖身之所，但是，我们活着的目标并不仅仅是这些。物质肯定是必不可少的，但不能为了追求物质而失去更多。

明确自己的欲望和需求，在自己的经济能力范围之内，对于该买的东西，一定要买，不该买的东西，不必买。有句话叫作拿着父母的钱去KTV唱着《父亲》这首歌，如果自己没有经济能力，却追求更为昂贵时髦的东西，还振振有词地说要把生活过得有滋有味，简直就是笑话。

我们现在的生活质量已经普遍提高，如果看到一个人把一件衣服穿烂、穿得满是补丁，可能会对他竖起拇指。对于那些压箱底的不想穿的衣物，不如把它们收集起来，捐给贫困山区；出门购物的时候，尽可能用布袋子，避免使用塑料袋；避免使用一次性用品；不买重复东西，不买次品。

交友的九个原则

情感与人的贫富贵贱、职位高低、事业优劣没有关系，甚至可以跨越地域、年龄，老年人和青年人照样可以交友，北方人和南方人毫无隔阂。“自制的友谊要比买来的友谊更持久。”真正的友情并不会因为你是达官显贵而有所附庸、上升，也不会因为你是平凡人而有所遗弃、下降，它会使得任何一方独而不孤，能够明白自己存在的意义，互相解读、互相析构。

“友谊永远不能成为一种交易；相反，它需求最彻底的无利害观念。”如果交了朋友之后你的生活更加温暖自在，那证明你交对了人，如果你的生活更加昏暗、充满争吵和猜疑，那么这样的朋友宁可不要。

当你发现曾经无话不谈的知心好友变得日渐疏远，当一群人出去聚餐而没有叫你，当你有困难向朋友开口无论如何也借不到钱的时候，你就要反思了，是不是自己做错了什么。原因很多，最有可能的是你触碰了某些交友法则。

交友其实没有什么法则，即使有也只是拿来作为参考，因为每个人的为人处世都不一样，遇到的人也不尽相同，所以根本就没有放之皆准的法则，但是，有的问题是共性的，大家都会遇到，这里只是浅析一下，希望对于巩固大家的友情有些帮助。

一、虚怀若谷、保护自尊

每个人都有过人之处，都有值得别人羡慕的地方，我们不应不分场合过分炫耀自己的才学、相貌、家庭、事业，毕竟一山更比一山高，适当地、真实地呈现完全可以，态度谦逊，虚怀若谷，如果过头了，锋芒毕露，尤其是在朋友面前，那么你就在无形中给他造成了伤害，尽管你们关系是多么亲密，无话不谈。友谊是平等的，既不需要奴隶，也不允许有统治者。这不仅仅是交友的原则，而且更是和人相处值得注意的地方。

保护朋友的自尊心是很重要且很有必要的，“士可杀，不可辱”就很好地说明了这个道理，每个人都有自尊，这恰好是人的可贵之处，人若是没有自尊也就不是人了，变成了随随便便就可以向人下跪的奴隶了，可惜的是，很多人早就不知道自尊为何物。假如我们在与朋友交往的过程中处处炫耀自己，贬低朋友，不顾及他人的感受，这样的人是没有朋友的，即使有，也不会长久，除非他们并不是真正的朋友关系。所以，我们要学会换位思考，如果不在乎他人的感受，不顾及他人的自尊，迟早有一天别人也会这样对你的。

二、遵守承诺，信守契约

“人无信不立”。可能我们会觉得，有的朋友关系实在太铁，所以在他们面前的承诺可以缓一缓，而且你们之间的东西可以共享，可以擅自使用，不加爱惜，有时候借了好友的东西不记得按时归还，甚至干脆不还了，因为觉得你们之间的关系已经超出了一般人，所以好友并不在意，也不会生气。可是，你会发现你们之间的关系越来越冷淡，问候越来越少。这是因为我们在一定程度上认为关系很铁的朋友之间没有必要遵守承诺、信守契约，如果是这样的话，那就大错特错了，事实上，朋友的东西我们更应该加倍爱护，要把朋友的东西当成是自己的东西来爱护，在使用、借用朋友的东西时，应该经过同意，得到许可，并且在承诺的时间之内按时归还，这样朋友才会信任你，才会与你共享资源。

知音，其实有一两个就足够了，实在不必太多，友谊的乐趣，贵在朋友之间那份踏实的信赖。无论是交友还是做人，都应该信守诺言，恪守约定，不能看轻、小瞧一个人的信誉问题，一诺千金这可比我们拥有金钱权力重要得多，如果答应了朋友，就要说到做到，言行一致，不能爽快答应了中途又变卦。不要以为区区小事无足挂齿，要知道信誉上的小事就是大事，这关乎一个人的形象，信任就像一张白纸，弄皱了一次就不可能恢复成原样，失信于人的次数多了，别人会觉得你在玩弄感情、逢场作戏。

三、玩笑得当，分清场合

不可否认，关系越好的朋友说话越损，开玩笑的尺度也越大，可是只要朋友遇到困难和问题，立刻变得焦灼、担心。但是，如果在大庭广众之下，我们说话不讲究方式、用语不得体的话，那就会破坏我们的友谊。比如为了炫耀自己能言善辩获得一时快感，或者是为了哗众取宠博得大家一笑，把朋友的伤疤和敏感处陈列在众人面前，让朋友出洋相，这样的做法是不人道的，也许我们会觉得只是开个玩笑何必当真，但是你在无形中已经伤害了朋友的感情。

每个人都有自己的小空间和私生活，这点对于成年人来说尤为重要。你有空的时候朋友不一定会有空，你想喝酒的时候可能朋友只想喝茶，你情场得意的时候可能朋友正处于失恋中，所以，当我们去朋友家时，看见朋友正在读书学习，而我们却要拉着人家打游戏，看到朋友正和恋人相会，而我们却要去当电灯泡，看到朋友正准备外出，而我们却要打乱人家的计划，这样是不尊重朋友，不会看人脸色，会被认为没有教养，甚至是不近人情，我们不应该打扰朋友的私生活，过分占有他人的私人时间，应当尊重朋友的私人时间和空间如同珍视我们的友情一样。

四、讲究细节，善纳人言

朋友之间应该坦诚相待，不遮遮掩掩，说话要简单明了、直截了当、大方亲切，可是，如果把握不好这个度，就会变得矫揉造作，庸俗粗鲁。我们和朋友在一起时会忘乎所以，可以天南地北闲侃，可以随意打断朋友的说话，或者听朋友说话时心不在焉、左顾右盼。偏偏怪得很，我们和陌生人说话时特别有礼貌，理性制约，总是把好的一面给了陌生人，把不好的一面给了最亲近的人，加上我们认为这是一种情感的自然流露不在乎，但是，细节决定成败，我们很多失误和情感的失败均源于此，一个眼神、一句话语、一个动作，稍不注意就会让人心生厌恶之感，就会让人改变对你的看法。我们在和朋友相处的过程中，应该重视礼仪但又不失热情，自然而又不失自重。

只有关系达到一定高度的朋友，才会在你要犯错的时候及时对你说一些“不受听”的话，如果达不到这层关系，别人才不会管你的死活。这些“不受听”的话是忠言逆耳，我们认为有用的，那就采纳，认为没用的，可以左耳进右耳出，可以解释清楚，切莫一意孤行，坚持己见，无视朋友的意见和建议，到头来是自己吃亏得多。尤其在我们遇到苦难需要解决之法、遇到抉择需要参考的时候，不要独断专行，要认真听取朋友的意见，理解朋友的好心，仔细分析，尊重朋友。

五、态度诚恳、谨慎要求

在交朋友的过程中，我们应该秉承“责己当严、待人当宽、做人当坦、接物当诚”的观念，这不仅仅是对于朋友要如此，我们和其他人相处更要如此，一个不诚恳、坦诚的人有什么值得相交的呢？有什么看法不当面说出来，却在背后说人闲话，搞小动作，打小报告，这样的行为可以定位为“小人”了，但又不完全是小人。我们交友不怕真小人，因为这类人是直接使坏，他们的坏你看得出，怕的是“伪君子”，使阴招，什么时候被算计了都不知道。

对于陌生人我们大概都会“助人为乐”，在力所能及的情况下，尽量去帮助别人，对于朋友更应如此。可是，朋友并不是我们的“存钱罐”，我们要明白"己所不欲、勿施于人"，朋友不是万能的，他也有难处的时候，如果我们在朋友囊中羞涩的时候，还要死皮赖脸地去寻求帮助，那就是不顾及他人的感受了，甚至是不事先打招呼，突然登门拜访，这样的做法都是不正确的。即使朋友帮助你了，恐怕也不是乐意而为。

六、保持距离，分清类型

也许你们亲密无间、形影不离，也许你们无话不谈、资源共享，在旁人看来你们的关系已经好到了"穿连裆裤"的程度，但是，友情还是要保持一定的距离，你是不是会有这种感觉：两个关系很铁的好友分隔一段时间之后他们的感情更加牢固了，那是因为在交友的过程中，始终要保持一定距离，距离产生美，有了距离，才会有尊重，就像淡淡的花香一样才能持久，让人依恋，而不是一次让你饱尝个够。

友情和爱情的界限不易分辨，有的人打着做朋友的旗号，其实深爱着一个人很多年，我们把这种状态称作"友情越位、恋人未满"，这就使得有的友情属于"爱情"类的。友情是很纯粹的，是基于性情的结合，它在别的事情上都是很可靠的，但是在恋爱这个问题上就不能成为彼此的信托，尤其是当互为好友的一方抢走了另一方喜欢的人，可能双方就会怒目而视，就像一位名人所说："因为美貌是一个女巫，在她的魔力之下，忠诚是会在热情里溶解的。"

七、善意提醒、恰当赞美

“虚伪的迎合是友谊的毒剂，诚恳的批评是友爱的厚礼”。性格爽朗的人，身边总是不缺朋友，朋友就好比是一个灵魂寄托在两个躯壳之中，当我们的“另一个灵魂”有犯错或者犯罪的倾向时，我们要暗中劝诫、善意提醒，防止它们误入歧途，走上不归路，提醒注意方式方法，不然就会适得其反。如果我们非但不阻止，而且视而不见，甚至是鼓励他们，那简直是助纣为虐、害人害己。

真正的好友不但会在你犯错的时候暗中劝诫，而且一定会在大庭广众下称赞你。恰当的赞美是友谊的润滑剂，而虚伪的迎合便是友谊的毒剂。对于朋友，我们应不吝溢美之词，但也要有一个度，不切实际的、过分的称赞绝对会损害友谊，会让朋友飘飘然，变得无所适从，称赞如果太过度了就变质了，已经成了谄媚，而“朋友间最凶猛的瘟疫便是谄媚”，无论做人做事都要实事求是，不能口若悬河，颠倒黑白。

八、正视缺点、同向而行

这世界上不存在完美无瑕的人，每个人的身上都不同程度地存在着各种各样的缺点，对于我们自身的缺点，要及时修正，对于朋友的缺点，我们要在尽可能慷慨大度的前提下，督促朋友修正，如果有人要求没有缺点的朋友，那这个人一定没有朋友。正如上述所说，夸赞你的人可能你会开心，但你可能也会把他忘掉，但是矫正你缺点，和你一起哭的人，你是永远都不会忘记的。

“喜欢社会中一小群志同道合的朋友，这是人的社会属性的基本原则”。朋友是相互促进的，不是交了之后导致你的工作生活越来越差，而是交了之后你们相互努力、鼓励，离你们的共同目标越来越近。行合趋同，千里相从；行不合趋不同，对门不通。友情只是作为一个纽带，把你们串联起来，或许在你们的感情里，这个纽带时而为绷紧，时而会缠绕，无论如何都不会折断。

九、理性选择，慎重更换

有的朋友城府很深，把自己包得很紧，相处了很久他从来不发表意见，不讲想法，也不会轻易抱怨，与这样的人相处，真的猜不透他的真意何在；有的朋友唯利是图，这种人喜欢占人便宜，自己却容不得半点吃亏，只要他觉得你的身上再无任何便宜可占，他可能立马就不搭理你；有的朋友口蜜腹剑，和你说话嘴上像抹了蜂蜜似的，但是这种人比搬弄是非、直接针锋相对的人还要更为可怕。有的朋友在你辉煌的时候对你百般奉承，你一旦失势，他立刻走人，重新去找新的靠山。

选择朋友的时候一定要慢，改换朋友要更慢。有的时候，选择朋友比选择对象还要难，如果有一天你发现了你的朋友已经不再是以前的样子，对你爱搭不理，如果不是你的原因，那么对于这样的朋友，果断选择相忘于江湖。

朋友的九种类型

我们这一辈子，会遇到形形色色的人，这其中有一很小部分的人会在你不同的生命阶段来到你的身边，成为你的朋友，进而会影响你的生活，但是，他们又不全是同一类人。不管他们是在什么阶段出现的，扮演的是什么样的角色，但是他们或多或少都会使你的人生有了一些光彩。

第一种：能成就你的朋友

“弈棋与胜己者对，则日进；与不如己者对，则日退。取友之道亦然。”遇到这样的朋友，请倍加珍惜。这种朋友与你是亦师亦友的关系，他的身上散发着迷人的君子之道，在言行方面始终影响着你，他可能比你年长几岁，可能学识比你渊博一些，但他也不一定是你的学长、师长。他在某一领域经验丰富，见解独到，能够在你即将走向黑暗或者是对未来充满迷茫的时候及时出现，并给予你一些特别宝贵的建议，及时帮你纠正错误。可能在他指出你的不足和错误时，话不受听，但那确实是肺腑之言，如果当时你听进去并践行了，那么你的人生至少不会一如既往的糟糕，如果你没有听进去反而出言不逊，可能会对你们的友情造成影响，超过三次之后，友情就此终结。

第二种：志同道合的朋友

真正的友谊，只能基于相近性情的结合。这种类型的朋友使我们最想相处且在一般情况下能够相处很久，毕竟能够找到与自己“臭味相投”的人不容易。这样的友情不会成为一种交易，相反，双方都能持久保持较为彻底无利害的观念。君子与君子以同道为朋；小人与小人以同利为朋。他们的兴趣相似，志向相同，所走的道路也差不多，能够互相保持着一种说不清道不明的默契关系。朋友，以义合者。“志合者，不以山海为远；道乖者，不以咫尺为近。”你们不会成为对方的奴隶，也不会存在谁统治着谁，而是相互平等的关系。与这种朋友相交，能够帮助你不断进行自我认同，能够让你找到一种心灵上的契约，甚至会产生一种归属感，你们是心灵的神秘结合者，更是对方生活的美化者，好比同一灵魂寄在两个躯壳中。处于这种关系中的两人，彼此看彼此是相互透明的。这类朋友像是一盏很亮的明灯，在你堕入黑暗时能照亮你的灵魂，有了好友相伴，互相鼓励，健康成长，更加容易实现你们共同的目标。

第三种：始终支持你的朋友

“像橡树般一寸寸成长起来的友情，要比像瓜蔓般突然蹿起来的友情更为可靠。”这类朋友精于换位思考，始终是为别人着想，当你的利益受到侵害的时候，他能够果断站出来维护你，常常会在别人的面前夸赞你。大庭广众中称赞你的朋友，一定是暗中劝诫你的朋友。其实我们在交朋友时要有一双能够发现美的眼睛，唯有对人慷慨大度，赞扬人家的优美，发现别人的优点，我们才能赢得朋友。当你气馁无助的时候，他会给你打气，主动分担你的一部分心理压力，那么这份压力就会除二；当你快乐的时候，他会为你感到快乐，那么这份快乐就会乘二。甚至他会牺牲自己的利益成全你，成为你前进道路上的垫脚石。

第四种：能够帮助你的朋友

与上一种朋友不同，始终支持你的朋友，可能会在你犯错误的时候仍旧支持你的观点，那么就会有反作用。“君子不镜于水，而镜于人。镜于水，见而之容；镜于人，则知凶与吉。”能够帮助你的朋友，在你春风得意的时候，可能他们不会过多赞扬你；在你落魄失意的时候，你会常常看到他们的身影，始终给你物质上、精神上的支持，让你重拾信心，看到希望。他们不但能够帮助你开阔眼界、接触新观念、新事物，而且在一定程度上帮助你拓展人脉、补充知识、解答疑惑，使你站位更高、看得更广、走得更远。遇到这样的朋友，是一种莫大的幸运，一个人倒霉的时候，不全是坏事，至少会有一些好处与妙处，比如你能够认清谁才是真正的朋友，你们的友谊能够在众多关系之间显露出来，而这种关系也是最为珍贵的。我们人生最美好的东西之一，就是有几个头脑真正心地善良且乐于助人的好友。海涅说：“助人为乐的人确实有。不过只有毫无嫉妒之心能衷心祝愿你幸福的人，才堪称真正的朋友。”

第五种：能够玩到一块的朋友

能够玩到一块，其实也不是那么容易，你们必须要有相似的地方。这样的朋友，他们常常扮演倾听者的角色，可能在你失意的时候，邀上几个人一起出去吃喝玩乐，放松心情，让你发泄心中的苦闷。在这个过程中，必须持有宽广的心灵、聪慧的视角，你才能发现这其中的乐趣。这样的友谊能增进快乐，减少痛苦。你们可能保持着一定的距离，因为有距离才会有尊重，但是当一方有困难时，你们立刻变得亲密无间，总能在最需要的时候出现，一起逛街、看电影、吃火锅，可能还会互相推荐最近看过的书籍、电影和电视剧。到了一定的程度，你们其中任何一人出门，根本不用考虑和在乎是否带钱，因为你知道，对面是一个值得信任的且肯为你掏钱的人，甚至你们之间会毫无保留、财产共有。纪伯伦说：“常到充满活力的朋友那里去，只有这样的朋友，才能满足你的需要，只有他才能驱散你心中的空虚与烦躁！让天使光临友谊的百花园！在露珠晶莹的晨晴里，人心振奋，春意盎然。”

第六种：说真话的朋友

“大凡敦厚忠信，能攻吾过者，益友也；其谄媚轻薄，傲慢亵狎，导人为恶者，损友也。”能够说真话敢说真话的人不多，何况和他们成为朋友。他们的话总是不受听，但不可否认他们是性情爽快的人，躯干笔直的木材用处很大，如果你们友情因为“忠言逆耳”而绷紧，那无关紧要，如果因为一时冲动而折断，那就追悔莫及。每个人都有缺点，如果看不到自己的缺点，就没有好朋友。从一个人的忠言逼谏之中看到的希望、获得的光明，远比从自己的理解和判断之中所悟出来的要更加纯粹、更加可贵。要想获得这类朋友，首先自己要够得上一个朋友。和你一起笑过的朋友，可能你会把他们忘掉，但是指出你的错误的朋友，你却永远不忘。与这类朋友相交，不是向他们展示我们的缺陷，而是使他们看到自己的缺陷。当你面对选择而困惑、面对生活而焦虑、面对真诚而虚伪时，不妨找他们聊聊，听听真话。敌人的笑脸相迎能够伤人，朋友的真言责难增进友爱，真正的朋友应该说真话，尽管那些话相当尖锐，但确实是一盏明灯。

第七种：哥们式的朋友

哥们的哥是两个可字，此也可、彼也可，哥们式的朋友清如月、明如月。这类朋友带有一些江湖气息。毕淑敏说：“一个满世界哥们的人，可能真有几个患难与共的哥们；一个满世界朋友的人，大概没有一个肝胆相照的朋友。”哥们式的角色在学生时代或者说在青年时代比较常见，你们可能一起打架、一起逃课、一起打游戏，患难相济，可能你们的关系免不了酒桌上媚俗、随便、大大咧咧。如果保持到了老年，那你们之间的关系早就超越了亲情，虽然总有一天他们会离开人间，但是那份感情是不朽的。

这样的友谊好比一坛老酒，喝的时候“酒逢知己千杯少”，时间越长，价值越高，而且假如有一天砸碎了，还够一个酒鬼滥饮一次。

第八种：默默陪伴着你的朋友

“君子之交淡若水，小人之交甘若醴；君子淡以亲，小人甘以绝。”你们之间不需要任何动听的语言来修饰，也不会因为距离而产生隔阂，你们的友情像一面平静的湖水，任何一方只要遇到困难时来到这里都能得到洗涤，且能在湖水里清晰看见自己的样子。不管你什么时候来找他倾诉，他都会热情相待，认真倾听，默默地陪伴着你，让你平复心情，收起情绪。你们之间并不需要过于惊心动魄的情节、轰轰烈烈的过程，只需要类似淡淡花香的友谊一样，让人迷恋、沉醉，更为深沉、持久。

第九种：损友

“以财交者，财尽而交绝；以色交者，体衰而爱渝。”这类朋友我们肯定会遇到，而且历来很多名人对此都嗤之以鼻，交友挑友要慎重，更换朋友更要慎重。我们可能是在顺境中结交朋友，却在逆境中接受考验。富贵固然和友谊的好坏无关，可朋友本有通财之谊。金钱向来是考验情感爱憎分明真假的最好标尺之一，情感一旦牵涉到金钱利益，恩怨便会算得很清楚，多少年成长起来的感情立刻毁于一旦，而且没有生还的可能。成功可招引朋友，挫败可考验朋友。当你有钱有权的时候，你身边的“朋友”

多如牛毛，一旦你失势了，乌云笼罩，那么你可能立即孑然一身，所以贫贱之交不可忘。好听的话，动听的诺言，嘴上说起来是相当容易的，当面说你好话的人不一定是朋友，但是背后仍旧说你好话的人肯定是值得结交的好友，只有在你患难的时候，才能看见一个人的心。当然，结交损友也有一点好处，如培根所说："没有被朋友背叛的人，是永远也不懂'朋友'这两个字的。"

七年之痒

听说爱情的世界里，有“七年之痒”这种说法，我不知道友情是否也有。但我觉得，两个好友的友情只要跨过了七年这个界标，他们就会成为彼此生活中不可或缺的一部分。

一

我们的友情，已经有七年了，至于到了什么程度，我也不好判断，反正我和他出门，我身上从不带钱，只要我缺钱了，只需要跟他说一声，只要他有，立刻就会转给我，这么多年以来，大部分情况都是我向他借钱，但他从来也没催过我，我也很自觉，有钱的时候立刻就还他，有的时候时间太长了，记不清欠了他多少，他甚至觉得有的钱我已经还过了，现在回想起来，大多数时候都是我占了便宜。

在别人面前，他很腼腆，也很少说话，但是只要和我一起，尤其是聊到我们两个都感兴趣的话题，他立马就变得健谈起来。

对于社会上的那些不好的现象，他从来都是特别讨厌和鄙夷的，尤其是当我做一些让他觉得不好的事情时，他总会在关键时刻提醒我，总会在我最低沉最失落的时候鼓励我。遇到这样的朋友，我感到特别幸运。

他，叫向涛，一个不善于表达但是内心情感特别丰富的人，一个常常开导我的好朋友。

二

我们俩相识，是在高中。

他的数学很好，计算能力很强，多么难的题目，只要到了他的手里，一边拿着笔在那哗啦啦地写，一边像念经似的说个不停，不到一会儿，结果就算出来了。

鉴于此，班上的那些女生常常拿着数学题目来向他请教，他似乎不懂得拒绝别人，也从未拒绝过任何人，任何难题，包括老师解不了的难题，在他这里，都能有解决的办法。

我有很长一段时间是和他坐在一起的，坐得近学得也快，我的数学也好了起来。有时，老师讲题目是遇到难题，写在黑板上，大家都在思考的时候，他已经在计算了，当他寻到解题的办法时，先教会我，我对他说："你上去给大家讲一讲吧。"他说："那么多人，不好意思。你去。"于是，我就按照他的方法，上台给大家讲题。每次都是荣誉归我，苦力他出。

做数学题的时候，他是抱着不到黄河心不死的心态，不管题目有多难，他都要征服它们，我就不一样了，每次我见到那些题目，粗略看一遍，对他说："这道题有思路，会做，不计算了。"他却不一样，非要把结果算出来，而且对我说："看吧，有时候想的和计算出来的还是不同的。"我记得有一次，老师们出的数学题目都特别难，全班级的数学没有几个人及格，他考了最高分。

三

他的理科都不错，但是英语却烂得一塌糊涂，在我印象中他从来没有及格过，每次我都对他说："涛哥，你背一背那些单词吧。每天十个，保证你的英语成绩有很大的提升。"

他答道："背了啊，背到后面的，前面的又忘了，到头来单词认得我，可我认不得它们。"

他是一个科技爱好者，只要有什么新奇的玩意儿，他都特别感兴趣。因此，毕业的时候，我们都选了与计算机有关的专业，他是喜欢才选的，我是看中这行工资高而选的。

他的父亲是一个残疾人，有一天中午，我们躺在床上睡觉的时候，有一个人突然敲门，我生气地说："谁啊！"没人应答。涛哥去开了门，原来是他的父亲。后来因为这件事情，我向他道歉，对他说，"没想到是你爸，对不起啊。"他却很坦然，"没事啊。"

他是一个从不计较得失的人，他很少生气，班上的人都很喜欢向他请教题目。有的时候我们俩关系有了一些间隙，大多数都是因为我。

因为我们俩的家庭情况和经济条件比较相似，所以，每天晚上，我都会和他一起去操场走走，那个时候我常常把情感封闭起来，身上的负能量很多，思维也特别狭隘，他常常开导我，要对未来充满希望，不要一味地抱怨过去。

四

高三毕业的时候，不像大学那么隆重而煽情，大概是我们都觉得同个宿舍的好朋友都在一个县里，见一面也很方便，没想到的是，我们都去了不同的省市上大学，我们宿舍除了我和涛哥经常通话聊天、假期常常见面之外，其他的同学，基本上很难会打上一次电话。各种社交软件，也都只是躺在列表里，很难会跳动一次。

并不是我和其他人关系不好，而是我和涛哥已经无话不说了，不管是家庭、学校生活、个人隐私，还是喜欢上某个女孩，我们都会分享彼此那份喜悦与悲伤，当我们互相分享喜悦的时候，这份快乐就会加倍，当我向他倾诉心中苦闷的时候，这份悲伤就会减倍。

毕业那天，我们全宿舍的人都帮他搬东西回家。当时他家还没有搬迁，路也没有修通，我们只能坐大巴车去，到了三分之二的路程下车，然后提着拉着东西走小路。

大家都不知道到底还有多远，我们就一直问他：“涛哥，你家到底还有多远？”

他说：“不远了，就在前面，翻过那个山头下去就是。”

等翻了那个山头。他又说：“再走一段路，从小路下去就是了。”

我们提着东西走了三个小时的山路，算是领略了他以前上初中时的不易。

终于到了他家，他的父母都是淳朴可爱的农民，他的妈妈在茅草屋里做饭，我去帮忙，后来干脆让我来炒菜。吃完饭后，我对他说：“我们俩一定要好好上大学，让父母过上好日子。”

五

上大学之后，他在山东，我在天津。

本来距离不远的两个地方，我每次跟他说好要去他的学校去看看他，都会因为懒或者因为没钱而搁置，他却来看我两次。

无论是回家还是去学校的那段漫长的旅程，他都穿着一双拖鞋在南北两地之间穿梭，这是他最有特点的地方。

我问他：“为什么喜欢穿拖鞋呢？”

他回答：“因为这样舒服啊。”

我开玩笑说：“你就不怕臭脚熏死人。”

他说：“反正不会熏死我自己。”

我上大学很少会给家里打电话，算起来看我给涛哥打电话的时间比家里所有加起来的时间都要长。每回我们通话快要结束的时候，我都对他说：“记得给我打电话啊。每次都是我给你打的。”其实我知道，他是一个感情特别丰富的人，只是不善于表达而已。

上大学以后，我变得外向，其实我性格一直都很外向，只是高中被家里压得喘不过气来。我也常和他说：“你要锻炼自己的社交能力，万一以后工作了怎么办，你总不可能不和人家交流吧。”

他似乎从不在乎社交能力，对我说道：“哎，只要编程很厉害就行了。”

每一次我只要缺钱，第一个想到的朋友，就是他，开口说借多少，他立刻就转给我，从不要求多久还，他也从不催我还钱。

六

毕业以后，我在家待了一个半月，他待了三个月。我一直都想去他家，当然，他也来过我家，不过他这个人比较腼腆，基本上不会去同学家玩耍，来我家实在是给足了面子。只要他一走进我家门口，我奶奶就会拉着他像查户口似的嘘寒问暖。

到头来，奶奶也知道我和他是最好的朋友，当我说我要去同学家的时候，奶奶说：“是向涛家吗？”

我说：“是！”

“哦，那我知道了，早点回来。”

那天下午已经将近五点了，我想到马上要奔赴西藏，可能一两年也见不到几次，于是决定骑着叔叔的踏板车就向他家驶去。

我高中的时候去过他家一次，只是记得大概的方向，我一边骑车，一边和他通电话问路，我从不害怕找不到，因为我知道，目标就在前方。

到了他家以后，我们吃完饭，在一个很大的广场上面教他骑车。我坚持当天晚上就要回来，因为叔叔明天要骑车去工地，不善表达的他一直留我。我想着难得来一次那就留下吧。

我们聊了很多，关于学校、关于毕业、关于未来。

第二天早晨起来我就走了，他送了我一段路程，害怕我的踏板车没油，他又在超市换了钱给我。

大约十天过后，我来了西藏，他去了江苏。

我和涛哥之间的友谊，很简单，没有什么大起大落，也没有什么特别刻骨铭心的故事，反倒是那些隐藏在日常生活中的点点滴滴，或许它只是彼此间的一个笑，也许它只是相互间的一个眼神暗示，它也可以是一种心有灵犀，它更可以是早上起床时的闹钟，还是看书时的一起相约，食堂饭桌上的简单饭局，学习上的相互帮助，生活上的相互鼓励，不开心时的相互逗乐，现在回想起来让人如此动容。

时光里的灿烂颜色

我和朋友聊天，他问我：“你一个月用多少钱的话费？”我很淡然地说道：“五十多。”在我看来这已经很多了。他非常惊讶：“怎么这么少？”我跟他解释，那可是有一百五十分钟的语音套餐。于是，他和我算了一笔账：“一百五十分钟才两个半小时，也就是说每天打三分钟的电话，除了和父母爱人常常要通话几个小时之外，剩余的时间不多了，这两个半的通话时间根本不够啊。”我笑着回答，“其实每个月我的通话时间都有剩余，因为我基本都不打电话。”

这种情况不仅仅是我有，不少人都是如此吧。我们大概已经告别和朋友打电话一打就是一个小时，或是加了陌生人的QQ，可以在被窝里面和人家聊得热火朝天的日子了。有时候好不容易从忙碌的工作中安静下来，无聊到翻开通讯录好几页，实在是找不到一个可以随时打扰的聊天对象，电话基本上都是工作来电，至于短信，除了节假日会给通讯录的朋友群发祝福外，常常光顾的只有三大运营商和广告推销的了。

在一起能够聊得热火朝天，要么是有共同的话题，要么是两人的三观基本相同。

两个好友的身份可以不用完全相同，但是两人的三观一定要相似。“近朱者赤近墨者黑”这句话还是相当正确的，志同道合的朋友在一定程度上可以对你有导向作用。不然打了电话也没有什么可聊的，见了面也无话可说。

能够成为朋友，可以说心里话，对方值得信赖，可以依靠。我们遇到这样的人，而随着年龄的增长，我们处理朋友关系的方式也会随之变化。

童年时建立友谊的动机很单纯，无非是我想和你做朋友，无非是你给我买了零食，或者你那里有很多好玩的东西。童年的友谊也是短暂的，我们可以在一秒钟建立友谊，也可以在一秒钟毁灭好感，比如，你弄坏了我的东西，你买的东西不给我吃。

步入青春期，由于一些我们无法把握的生理因素，我们更倾向于自我暴露，常常看不到自我的边界，身体的边界仿佛都是棱角，这个时候的嫉妒心理比较强，占有欲也很强烈，尤其是看到自己喜欢的女生和异性相处的时候。这是我们学习怎么和别人接触和交流的时期。

开始工作了，我们渐渐脱离了父母的管辖，从心理上觉得自己自由很多，我们花在和朋友相处的时间比陪伴父母还要多，但是，我们会发现，很多朋友不再纯粹，交朋友的动机不再那么简单，我们的社交能力也不可避免地退化了。如果你问一个成年人，你上一次和别人成为好朋友是在什么时候，可能他会往工作前的时光搜索吧。

结婚以后和朋友联系的频率越来越少，婚礼上的朋友们都祝福你，但婚后会发现和他们的联系越来越少甚至可能会失去他们。下班以后的生活，基本上都是围着家庭和孩子转，我们推掉朋友的邀请、各种同学聚会的频率会比推掉送孩子上学、接孩子回家还要多。

到了老年，很大程度是为了朋友活着，孩子已经长大，爱人已经变老，安慰朋友，报答朋友，鼓励朋友，让他们高兴，不后悔朋友一场。孩童时代的友谊单纯，也只是我们靠着回忆无限地给它贴上标签，给它追加的东西并不真实。真正的友谊，应该在于自己的心性成熟之后，纯粹的成人故事，确实很难把艰深提升为单纯。

不管曾经的你是如何重要，终归都会因为环境的变迁，观念的变革，总会有一个人先从热闹中抽身逃亡，孤舟单骑，只想寄情于高山流水。等你重新开始一段新的旅程，走得远了，又会开启自己的下一段友谊之旅，或许是樵夫、路人、朝圣者、教师……短短的几句话，相言甚欢，引为莫逆之交。

我以前读过一篇描写革命时期两个政治信仰不同的人的故事，他们两人儿时曾经义结金兰，后因政治理想不同而分道扬镳，多年后相遇再叙友情。文章里是这么写的："我们度过了亲密无间的少年时代，当时所有的想法都一样，十几年没有见面也没有通信，再一次见到你，我们的理想已经天壤之别，可是我仍然欣赏你，仍然像从前一样盼望和你天天见面。"

其实啊，人这一辈子，印象最深刻的友情大概是在学生时代吧。有人说，那些以前在一起喝酒的狐朋狗友，我们有困难的时候难以寻觅到他们的身影，虽然现在就自己一个人，过得也挺充实，但是他从不后悔结交那些朋友，相反，以前一起做的那些傻事反而是青春里最灿烂的颜色，在那个条件下两个脾气相投的好友坐在一起喝酒的时光是最让人怀念的。

相遇是为了更好地离别

友情是相遇。

当你对生活百般烦厌的时候，他就会悄悄地来到你的身边，没有动人的语言，不用美丽的彩排，只是几句发自肺腑的、真实的、感人的几句问候、关心、挂念。它在顺境中容易结成，却在逆境中经受考验。你们一起笑过、哭过、相互讨厌过，这段回忆在青春的河流里延伸，陪你到老。

一个人的意志很坚强但力量却有限，办法也有限，于是，友情会像小草，缀绿你干如沙漠的心灵，如阳光拂照在寒风中吐蕊的花瓣。它总是在你没有预料时，默默地用眼睛和心读懂你，挽起你单薄的臂膀，在艰难与困苦中挺立卓然，没有修饰，没有彩排。

友情是相知。

有的朋友只能交一时，有的朋友却能交一世，交一时的朋友也许是一场误会，命运和你开了一个玩笑，这是命运最初的误会，但不是最终的误会，谁没有年轻过，所以对曾经有过的误会不必埋怨含恨，只需挥挥手说声再见；交一辈子的朋友，不是情感的昙花一现，在你们的心中内藏汹涌潮动，泪线之骤热与温煦，会让你觉得，一辈子的时间太短，有你无憾了。所以，无论身处何地，那一份情感都会架成一座桥梁，连通两心间。

趟过岁月冷暖，我才发现，生命中出现的三类人：爱我的人、恨我的人以及对我冷漠的人。爱我的人教我爱人，使我学会温柔，恨我的人偶尔觉得自己或者别人可恨，却教给了我包容，懂得处世，对我冷漠的人让我明白必须懂得自立。

友情不相忘。

许多朋友，你们一起走过一段旅程，因志趣不同就会分别。别害怕，离开并不是结束，离开只是暂时的，你们所追求的才是永远的。分别只是表示这一站的旅途已经结束，同时也意味着下一站的幸福即将开始。真正的友谊，又何必在乎地域和时间呢？

昨天是相遇，今天是相知，明天不相忘。

如果你要想念我，就望一望天幕上，闪烁的星星，有我寻觅你的目光。

许久不见，希望安好

一

我想说说我高四的那些哥们。虽然我们相处只有一年的时间，但是说实话他们是我最好的朋友。

高四的时候，周五晚上我有在宿舍唱歌的习惯。我们每间宿舍都有独立的卫生间。那个时候压力大，大家都没有手机，我就靠唱歌来抒解自己的情绪，和现在的跑步一样。就这样唱了一个学期，舍友们也知道我有这个习惯。

临近高考，压力越来越大了，我们每天的任务除了学习还是学习，生活没有一丝波澜，我们被紧张的生活压得喘不过气来。在二模考试结束的那天晚上，我一如既往地在宿舍唱歌，就在厕所，拿着扫把当吉他，那个时候最喜欢唱的是《国际歌》。

我正唱着，一个外号叫“新人”的舍友推门进来洗漱。这么长时间了，大家都习惯了，所以我觉得他不会来打扰我。但是也不知怎么的，他竟然就站在那里听我唱歌，之后他找了一个马扎，坐在那里拿着盆给我打拍子，他对音乐一窍不通，拍子全乱了，我们面面相觑，笑得不行，最后我也唱不下去了。

宿舍剩下的两个哥们也都进来了，那天我们宿舍集体唱歌，在那个没有 KTV、不能乱跑、只能安静学习的环境下，我们享受着这个唯一的集体活动，我们甚至都能完整唱完一首歌，就只唱我们的“舍歌”，是其中一个室友先唱的，歌词我现在仍然记得，这么几年了还都记得。

“妹妹今天来找我，喔，千万别走小路来，哎，小路上的狗屎多，我怕踩脏了妹妹的脚……妹妹今天来找我，喔，千万别坐火车来，哎，火车上的流氓多……妹妹今天来找我，喔，千万别坐飞机来，哎，飞机上的大款多，我怕妹妹不属于我……”

歌词非常三俗，甚至没有半点水平，但是我们一起吼了一个晚上，每个人都声嘶力竭，有盆的疯狂拍盆，没有盆的拿着拖把扫把甩来甩去，这也是我们宿舍分别这么久再聚会时唯一一个能唱齐整的歌。

后来因为学籍不在补习学校，我只能回到母校高考，为了适应环境，大概提前一周回去。走的前一天晚上，我们宿舍举行了“大宴”——干冰火锅，自己买干冰，自己带着锅。我们宿舍很少摆“大宴”，第一次是室长刚把锅拿来，第二次是“新人”转来我们 218 宿舍，还有一次是我过生日，因为我要离开，大家一起又办了一次，算是为我践行。

九点半下自习回来，室友老邢说吃到一点吧，多和“军人”（我的外号）聊聊天，不然以后就聊不到了，但是我们吃到 11 点，大家都吃不动了，还剩下一堆吃的，也没人吃了。

我问他们：“还记得舍歌不？”

他们说：“记得！”

我说：“还唱歌不？”

他们说：“这么晚了，打扰别人睡觉不好。”

我们那晚没有唱，后来大家都去睡了。

第二天下午我回母校，中午收拾东西，我一向都把东西收拾得很好，所以一会儿就收拾好了。宿舍很安静，没人说话。下午，恰好赶上补习学校的动员会，我自己一个人回了宿舍，把那些东西搬出宿舍。

老邢和舍长回宿舍了，他们说想偷一会儿懒，就没帮我搬东西。我们一起合了影，互相说了两句保重的话，两人送我到了宿舍楼下，没送多远，我一个人走向学校大门，然后不知怎么的嘴里开始唱起了舍歌，唱着唱着，眼泪便夺眶而出。

坐上了回家的车，收到了“新人”的短信，他给我道歉，老邢叫他来送我他却没来，因为他怕控制不住自己的情绪。

“一群傲娇的……”

我还能记得给他回的这条短信。一提到室友的事回忆就停不下来。

二

我的好友是一个叫作杨港丽的女孩，一个学习成绩、长相、家境都很好的大小姐。

我们相识于初一开学第一天，她来得迟没有座位，那时班主任还没安排座位。当时我坐在最后一排，她挤在我和另一个女孩的旁边，后来我们成了同桌。

那时我很普通很平凡，除了语文比较厉害外没什么优点，甚至很自闭，基本上不说话，下课后只是趴在桌子上睡觉，她一直陪着我，无论何时何地都站在我身后，在早读的时候在草稿上列好大纲给我，给我说她喜欢的小说。在我胃疼睡得迷迷糊糊的时候，塞给我加热过的六个核桃，在我哭得很崩溃的时候给我红豆奶茶还有巧克力和糖，带我回家吃饭。

我住校时天冷了没带衣服，她把自己的外套给我。

她给我写过很多纸条和很长很长的信，可能很多时候我对此没有回应，但在心里我记住了所有。

有人告诉她彭书雅是没有心的，但她说她感受到了，何其有幸。

其实幸运的是我，她说我们之间大概就是我从未走远而她亦未离开。

友情大概就像过境台风，初时猛烈，因为时空跟不上的时候，与其拖得遍体鳞伤不如退回原地。

好久不见，希望她好。

其实我有很多好朋友，但她是陪我走过最阴暗时光的太阳。

三

我一直很羡慕有七八年甚至更长时间的友谊，我觉得友谊越早认识越早了解感情才能长久。

表面上看，我是一个活泼开朗的女生，其实我话很少。别人跟我说话我才能接下去，我不是那种能主动挑起话题的人。

我和小学初中的那些当时还算要好的朋友，现在都不怎么联系了，或许有些人只是生命中的过客吧。

我有三个朋友，都是我的高中同学。我们有一个小群，但我们不是每天都聊天。每次放假回来都约出去玩。

上了大学我感觉她们还像以前一样，我和另一个女生却没高中那么亲密了，因为之前很忙，所以没像高中那样在学校里聊，回家也聊，总之不像以前一样天天聊。

久而久之，就不知道她每天经历了什么最近喜欢什么，到了再想聊却无从聊起的地步，好像觉得疏远了但又觉得还是很喜欢她，喜欢她们。

要是问我们之间有什么印象深刻的事情，一时之间还真的想不起来，我们之间可能就是很舒服的日常。

现在我一直很喜欢她们，想和她们做一辈子的朋友，即使见了面沉默不语也觉得，三秋不见如隔一日。

四

我说一个初中就认识的朋友，细细回想起来，我与他之间其实并没有什么深刻的记忆，有的只是如溪流般的清澈与平静。

确切来说，我和他已经认识了十一年之久，我已记不清第一次见到他是什么样的情景，或许那时候的友情只是建立在好玩的基础上，并没有什么感情因素夹杂在里面。

他瘦高瘦高的，长相清秀，看上去挺乖又带点儿痞，给人感觉很不正经。没有什么特别喜欢的运动，记忆中的他就是偶尔打一下篮球，至于技术那不用说，纯属娱乐罢了。

与他应该是在高中时候才慢慢的由普通的朋友变成兄弟的。高中相对于初中来说褪去了些许稚嫩，多了些自己的看法，知道了处朋友的准则。从这个角度来看，他应该算是在我处朋友的准则范围内，和我之间没有欺骗，只要是能帮助的彼此都会尽力去帮助。

那时候我和他都是租房子住，我们住的地方也不算远，大概十分钟就可以走到了。估计是因为那时候已经认识了几年了而且比较熟，所以我们会经常的去对方那儿一起吃饭，一起聊天。

高中的时候，他应该不算是一个乖学生了，虽说我没有见到他和别人一起去打群架的样子，但是我从别人的嘴里面知道他有了一群新的朋友，也就是整天喝酒打架的兄弟。

我知道这样是不好的，但是也没有让他与这些人断绝交往，因为我相信他有自己的看法，有自己的生活方式。

庆幸地是，他并没有把与其他人的交往方式带入到我这儿来。我们平时还是一起买菜做饭吃，我负责炒菜他负责做饭洗碗。有时也不一定，反正他不是一个好吃懒做的人。到了周末会一起去网吧玩一整夜的游戏。后来我考上了大学，他没考上就去当兵了。我觉得选择当兵真的是他很明智的选择，可以把他身上的很多坏习惯改掉。虽说他选择去了部队，但我们一直保持联络。不过每次都是他偷偷地打电话过来，而且都是在周末。

去部队上的第一年冬天，他打电话给我说部队上太冷了，手都被冻裂开了，吃的东西也太单调，没有零食可以吃。后来我去超市买了些零食和护肤品寄去给他。其实挺心疼他的，每次通电话都会聊起部队上的训练量是如何大，然后再聊些琐碎的事。

我并没有给他加油打气，因为我相信他能坚持下来，选择了这条路这些都是必须要经历的。事实也证明了我是对的，他扛过来了两年的义务兵时间。我本以为他会选择退役，毕竟军营的条件非常艰苦。后来他打电话给我说他还想继续留在军营，这出乎我的意料。我对他说回家吧，回来找一份工作，安安心心地上班。后来他还是选择了继续留在部队上。他有自己的想法。

两个人就在这样的模式下相处到现在，没什么轰轰烈烈的回忆，但就是这样一份友谊让我倍加珍惜，不管以后我们变成什么样子，我相信我们之间的兄弟情不会变。我还是我，他还是他。

五

我们是在初一时认识的，那时候和他不在一个宿舍，来得早的要调宿舍，来得晚的随便进，那个时候还不认识他。

分了宿舍以后，我们没有什么交集。不知道因为什么，两人走得越来越近。他是数学课代表，当时我有一个学习机，上面有游戏，我们常常一起玩。

我和一个室友打了一架，他帮了我的忙。过程是这样的，那天晚上我们都在睡觉，那个室友还在用复读机读英语，我就喊了一句“还睡不睡觉了”然后就打了一架。

中考前放假了，教室都被占用，我们在学校待着，当时操场上有彩带，我拉着彩带围着操场跑，班主任旁边看着我跑。他说："你们仨给我注意点，没考好再收拾你们。"

后来，我去了县里的重点中学，我们约好去一中读书，不过后来我去了实验高中陪那个同学。因为考上了重点高中，得了奖学金，去北京玩了一趟。

去北京是坐卧铺去的，没有坐过火车，我们俩特别激动，一起聊天，一夜没睡。

到了北京，安排升国旗，班主任叫我们早点休息，我和他在床上说了很久的话，第二天没起来。说来也巧，屋漏偏逢连夜雨，那个车等了我们俩半个多小时，耽误很久才出发的。

第一个车在前面，我们在最后面，整个车的人都埋怨我们。

我们一直没分开，高中时一个宿舍一个班，两人成绩都可以，到了高二，他的父亲去世，情绪变得特别失落，对他的成绩影响很大，不过也还算可以，但是这件事他自始至终都没告诉我，我也没有想到。高二，我因为爱情问题，没有把所有的精力放在朋友身上。高三，我们分班了，都在外面租房，楼上楼下，那年和他沟通很少，他尽量瞒着我，不希望我对他同情。

高考他考上了三本，我考上了二本，但我的专业没有选好，在犹豫是否复读。他和我商量出去打工，想了很多幼稚的生财之道，比如当时开铲车挺挣钱的，他想学，他的妈妈想让他复读

我对他说我的专业没有选好，于是两人就决意再来一年。我们自己找

的复读中心，去了以后，班级可以自己选，他选了一个，我选了一个，为了不相互影响，没分在一起。但是住在一起，他妈妈送饭给他总有我一口吃的。早上我们起得晚，天天翻墙去学校。复读的时候我们都喜欢坐最后一排。

高考的前一天，我坐在最后一排用学习机看小说，他在努力做试卷。他一直都认为我复读是在陪他，所以很多事情都在将就我，其实也没那么明显。我从不认为我是去陪他复读的，但是他的所有家人都是这么认为的，所以一直以来都特别感谢我。

复读一年之后，我差一本线五分，那年他挺努力的，去了福州大学。考上大学后，我们的联系很少了，寒暑假回家一起吃饭。

这几年中间，我们也会闹矛盾，但是忘了为什么闹矛盾，反正不会超过三天就和好如初。

六

对于友谊，我觉得就是经过生活中各种零碎小事和每一次激烈地争吵之后，要不了几天，两个人就能默契地和好。

知道对方的伤和痛，也知道对方的优缺点，所以不管别人怎么说对方，都不会嫌弃好友。这是一种比情侣关系更有安全感的存在方式。

当然，现在这个社会，虽然人与人之间的很多关系都是可以量化，我们姑且把这种量化的关系叫作友谊，但是这种友谊也是必要的，因为如果常常都是那种好到不行的关系，经常粘在一块，人也是会累的，就像衣服需要经常被洗才能保持干净一样，友谊也需要投入精力和感情。

我在驾校学车的时候，遇到过两个女生，一个胖胖的，线条有些粗犷，走路有点爷们的感觉，另一个说话慢条斯理，长发及腰，面容姣好，两个人的关系特别铁。她们性格差别很大，一个豪爽，一个温柔，却有着共同的兴趣爱好。所以好朋友性格能互补很重要，还要有共同的爱好。

我和我闺蜜也是这种关系，虽然有时候想不出来我们有什么相同的地方，但冥冥之中相遇后，还一起玩了那么多年，看着身边各种形形色色的朋友都离自己而去，甚至还有家人，或许我和闺蜜也都变了，可是初心没变。

我们的关系还是照旧，在对方做错事的时候会给予提醒，在困难的时候不用一方多说另一方就会替你解决，相互包容。知道是对方喜欢的东西会自动退让，总之，好的友谊应该包含很多。

就在前几天，她父亲逝世，在老家去世的，脑出血，走的特别突然，她知道后特别崩溃，打电话给我，哭得歇斯底里，我也超级难过，就觉得像自己的家人去世了一样。

白天上班时我坐在那就哭，男生都说女生间的友谊复杂，勾心斗角，比来比去，其实，女生间的友谊极其简单，简单到可以牵着手逛街，简单到一起追同一个偶像，简单到把对方的亲人当作自己的亲人，简单到一起穷一起富，穷的时候合吃一碗饭，富的时候一顿自助胡吃海喝。

女生的友谊，简单又复杂，复杂又简单，我们可以随时比来比去，也可以随时同甘共苦，这就是女生的友谊。

七

当我看到友谊这个词的时候，第一个想法竟然是我真的相信友谊吗？或者我真的相信自己和“朋友”之间的感情可以称之为友谊吗？

我是一个十分懒于维系关系的人，从小时候到现在，我转过很多次学，虽然我每一次转学都可以认识很多人，可是离开后我忘得也非常快。

有时候我觉得我像一台自动贩卖机，每个走向我的人，我都可以给他们同样的热情，而当他们离开，我就停止了工作，把热情递给下一个人。

其实我觉得友谊是一个非常严肃的词。小时候在我心里朋友两个字甚至比家里人还重要，可是人与人之间根本无法完全理解。相似的人尚且会有隐瞒，普通认识的人就更容易因为三观、喜好、习惯而产生摩擦，误会和欺骗。后来从一个学校辗转到另一个学校，我也越来越感受到友谊的重量。友谊绝不是单纯的两个人当下的关系有多好，而是建立在一种信任和尊重的基础上。

人际交往中沟通真是太重要了，许多人就是因为对朋友有话想说又不说，自己憋着自己瞎猜，最后当然就吵起来了。

我觉得我其实也没那么失败，我还有个发小，从幼儿园到三年级，后来我又转去另一个学校，结果在那个学校遇见了她。

初中我们不在一个中学，之后就很少联系了。

我高考前段时间非常喜欢一个组合，总感觉他们的积极阳光带给疲惫的我很多正能量。突然有一天我的发小就给我发消息问，你也喜欢他们呀。

好多年没说过几句话的两个人突然就能毫不尴尬地侃侃而谈，好像我们天天这么聊天说笑一样。

当然，到现在我也没有变得主动去每天找她聊天，她也非常忙，可是每次我们一对话，好像总能找到话题，这大概就是时光的馈赠吧。有什么丧的事告诉她，她每次都很可爱地告诉我身体健康最重要，别的都会过去的，偶尔还和我一起吐槽抱怨这个世界，但是她从来都尊重我，不会追问什么，并且永远相信我是个可爱的人。

有首歌叫友谊天长地久，我不知道天长地久是多久，但是在我眼里友情就是这样的东西，多少年不见一次，两人突然相见也互不尴尬。

八

我有两个最好的朋友，一个现在已经结婚有了孩子，一个还在读大学，我们三个都是从小一起长大的。

我们会因为一点小事吵架，然后冷战，最后就会莫名其妙地和好。

我们会一起讨论路上遇到的帅哥。

其实要说什么难忘的事，应该是读幼儿园的时候，我把她推摔倒了，她的嘴都被打肿了，我怕回家被打，就和她商量说是另外的那个人推的，结果我朋友的爸爸就去那个朋友家去告状了，我的那个朋友被罚跪煤沙子，之后我觉得挺愧疚的，不过还是不敢说实话，怕挨揍。

但是，我觉得，自从我的闺蜜结婚了以后，我就不再是她那个很亲密的人了。

感觉我和她的友谊变淡了，但是我能理解，只是很多时候还是会觉得有点吃醋。

我们没有那种轰轰烈烈的大事，无非就是一起逃课。我记得有一次，那天下大雨，我们去读书的时候迟到了，怕被罚，我就和她在我家的老房子里躲了一天。

现在想起来，感觉还是昨天的事，

希望我们每个人多年后和老朋友再相遇，还依旧被别人羡慕着，“哇！你们居然还在一起。”

九

现在仅存的玩得特别好的朋友，她们是不同性格的女生，也是在不同时期遇见的，但无外乎都是高中或者大学。

高中同桌，今年是我们认识的第八年了，现在可谓是老铁了，无话不说的那种。我们俩完全是性格一点也不同的两种女生，而且兴趣爱好也截然相反，就连吃饭方面，也是大相径庭。可能就是缘分吧，从初二成为同桌以来，一直就很要好，这八年来，不是没有过矛盾，而是时间几乎已经把我们的矛盾都已经磨平了。

第一眼看见她我就觉得不顺眼。开学第一天，还没有分配同桌，大家都是随便坐的。中午睡觉的时候，她就跟旁边女生一直说话，正好在我前面，吵得我一个中午都没睡好，我当时就觉得怎么会有这么讨厌的女生呢。

不知道怎么回事，后来她就跟我成为同桌了，其实是班主任故意安排的。我成绩好，她是学渣，想让我带动她。但其实现实情况是玩的时候学渣带着学霸一起玩，学习的时候学霸还是自己孤独学习，学渣默默一个人在一边玩耍。

后面慢慢玩熟了，我就想在学习上帮她，让她有不会的就直接问我。但她其实都没问过我几次题目，我当时还以为她不想学，后面我才知道，她不想打扰我学习，她知道我思考问题的时候不喜欢被别人打扰，所以有的时候她宁可去问别人。我玩的时候她偶尔才会问我几个题目。

我当时特别能吃，总是容易饿，她经常带吃的给我。我自己也带零食，但总是在肚子不饿的时候都吃了，她就帮我保管，等饿的时候两个人一起吃。

等到上了高三，我们不在一个班了，但还是会经常联系。那时，我天天晚上去找她，帮她解答数学题目。她阳历阴历搞不清楚，总是把我阴历的生日记成阳历的生日，提前送礼物，每次我都特别惊讶。高三那段时间她还熬夜用磁带做笔筒给我，高考前买巧克力给我，让我不要紧张。

后来上了大学，我们不在一个地方，可是却煲起电话粥来，没有哪一次会低于一个小时。她担心我一个人在北方过中秋会很孤独，特地给我寄月饼。她失恋了，我就打电话给她的男朋友说他。我的QQ当时就是她的垃圾桶，心情实在不好了，我又忙的时候，直接跑到我的留言板，各种唠叨。我去贵州支教的时候，她和她的妈妈不放心，走的时候拎了很多好吃的给我，恨不得天天发微信了解我的情况。

当然，我们也有过矛盾，以前一起做兼职的时候，她说话比较直，有时候说话太伤人，那段时间我就不搭理她，但是过后她就当作什么事都没发生，继续找我玩。

大学考试，有时候没怎么复习，她会各种鼓励我，还给我去烧香。我考试，她也会紧张。她考英语三级的时候，我还视频帮她讲题。

毕业后，我们终于在一个城市了。关系就像姐妹一般。我一个人出去旅行，她会跟我视频，反复叮嘱我要把门锁好，还要我直播，按她的方法锁门，要搬一个凳子放在门那边，看到视频她才放心。我晚上九点下班，大晚上她还送我喜欢吃的面包。她很喜欢每次跟我穿街去吃各种好吃的，每次她都得提前按照我的口味去挑好吃的店。

失恋的时候，她会第二天就来找我，带我去逛街，吃饭，给我挑好看的衣服。我的包，钱包，口红都是她送的，我第一个月工资也给她买了一件她很喜欢的衣服。

她妈妈曾经说过，要是我是个男的，就把她女儿嫁给我了。

尽管我们没有什么共同点，各种追求、喜欢的东西都不一样，我们都很诧异我们为什么会玩得很好，但是现实就是我真的把她当亲人，她也如此。

友谊之道

友谊这个话题谈的人实在太多了，似乎我再写显得多余，要把最平凡的话题写得深刻，是不容易的。我看过的作品中，数梁实秋的《谈友谊》写得最好。“朋友居五伦之末，其实朋友是极重要的一伦。所谓友谊实即人与人之间的一种良好的关系，其中包括了解、欣赏、信任、容忍、牺牲……诸多美德。如果以友谊作基础，则其他的各种关系如父子夫妇兄弟之类均可圆满地建立起来……”

其实并非多余，朋友就像白米饭一样，人人都离不开它，每个人的感受都不尽相同。生活偶尔来坛美酒，我们便觉得安逸，可是美酒不能常饮，白米饭味道虽淡，但是管饱，少了一顿，会感觉到饥饿。

因为一个人，恋上一座城。这个人，可能是爱人，可能是朋友。我们平时想到一个城市，如果城市里住着这个人，我们首先想到的不是这座城市的风景，而是先想到这个人。一个人的一生，可能只有一个爱人，也可能有两三个甚至更多。但是朋友就有很多，他们散落在各个城市。谈起朋友，我们必会把他们和某个城市联系在一起，所以是他们拉近了我们与城市的距离和关系。仿佛城市的名字，反倒成了朋友的另一种表示，一谈到城市，就自然联想到朋友。有的地名，如果不是因为朋友的居住，我们一辈子也叫不上名来，正是因为有了朋友，一切变得不陌生。

如果去一个没有朋友的陌生城市，一切都变得索然无味，逛街、吃饭、旅游都拉不起任何兴趣。面临突如其来的挫折时，顿时变得手足无措，不知道找谁求助。

我曾经和一个朋友约好在贵阳乘坐火车去天津，取票那天突然被告知无法读取学生证的优惠次数，票取不出来，我苦苦哀求工作人员帮我换成别的票，工作人员说票早已卖光了。

我抱着尝试的心理再排队问另外的工作人员，直到人家告诉我优惠次数真的刷不出来时，我顿时觉得天昏地暗。那位朋友站在取票厅的门口，看我满脸的失落和无助，他安慰我之后，一个人检票进站。我打电话给贵阳的朋友，他们都在别处。后来我找了一个旅店住进去，趴在床上，眼泪莫名地就涌出来了。另外一个朋友说帮我在网上购买，并时刻地关注着近两天的购票情况。他告知我有一趟第二天下午五点出发的列车还剩几张票，叫我赶紧购买，我收起失落的心情，迅速买了一张。买完之后心情瞬间舒畅了很多，不怕耽误上课时间了。

因为朋友的帮助，我顺利地买上了火车票。当时我就在想，如果有一个朋友，哪怕只有一个跟我一起在贵阳，那我肯定不会感到慌乱和落寞，晚去几天也没有关系。

要是去一个陌生的城市，一个人行走在熙熙攘攘的街道上，突然见到一个朋友，或是后面突然有人大叫你的名字或绰号，心情肯定是激动的。仿佛一切已经扭转，再也不担心找不到这座城市的风景、美食了。有了朋友，陌生的城市变得熟悉。当然，两人初次见面时高分贝的叫声、夸张的表情和奇怪的动作，路人是可以理解的。

有些久违了的朋友在人群中发现你时，他不会大声地冲你叫喊，而是悄悄地走到你的背后，趁你不注意时狠狠地捶你的后背一拳，这分量不轻的一拳让你疼得直叫，但同时我们大概也能猜到是哪个好友，脸上扭曲的疼痛突然间就变成了惊喜，随即又伦过去一拳。

出门在外靠朋友，表明友谊的价值在于被依靠，我们在危难之际祈求它能及时出现，而不是故意的危难考验。英国诗人赫巴德说过：“一个不是我们有所求的朋友，才是真正的朋友。”不必说朋友，就连血肉相连的兄弟，只要他们之间涉及金钱，涉及有求于人，若对方欣然拒绝，对方便立刻翻脸。若“求”成了目的，友情就会成为一种多余的装饰。

张潮说得好，“对渊博友，如读异书；对风雅友，如读名人诗文；对谨饬友，如读圣贤经传；对滑稽友，如阅传奇小说。”但是，交朋友也讲究原则，自然也有一些界限，一旦越过界限，不讲原则，朋友将变成损友。物以类聚，人以群分。大家志趣相投，凑在一块，互相鼓励，还能矫正坏的习惯。双方都想交有钱的或者父母是做官的朋友，心眼里想着这样以后能帮大忙，老是想着高攀，这样的朋友，要么交不起来，要么交不长久，你们只不过是在各取所需，彼此利用。

我们一生都会遇到这三种人：爱我的人，恨我的人，以及对我冷漠的人。爱我的人教我爱人，使我学会温柔；恨我的人偶尔觉得自己或者别人可恨，却教给了我学会包容，懂得处世；对我冷漠的人让我明白必须懂得自立。

我们常羡慕俞伯牙和钟子期之间高山流水的友谊，羡慕李白杜甫之间短暂而又深刻的友情。我相信友情是可以长久存在的，虽然人们说世间最纯洁的友谊只存在于童年，孩童时代的友谊只是单纯的快乐和无忧无虑的嬉戏。人只要年长，一些珍贵的缘分就会随着空间和时间上的距离稍纵即逝，随之而来的是工作上和社会上的必须浇灌的无聊关系。

有的人一辈子交了很多朋友，广容博纳，一团和气，跟大家的关系看起来都还不错。这种人可能需要友情，但又不信任友情，试图降低标准，扩大交友范围，用数量的堆积来填充寂寞，抵御荒凉。朋友相邀，一定去，不管是否方便；朋友之求，一定应，仿佛不应就会得罪别人。面对抉择，态度模棱两可，不知如何协调和表态。这种人到头来都是在结交酒肉朋友，别人有难时他倾囊相助，他有难时别人借故推托，从来没人把他看作知己。

患难见真情，烈火炼真金。真正的友情，不依靠职业、地位、身份，不在乎处境、祸福、贫富。朋友，是使彼此生活更加温暖，相互鼓励的人，他们让自己懂得生存的意义。相互鼓励，但拒绝归属，彼此确认，但拒绝契约。

相识的时候，关系越好的朋友话说得最损，听起来不觉得奇怪；等到关系僵硬，朋友变成敌人时，就叙不上友情了，以前的种种了解反而会成为软肋。鲁迅对此的见解就很深刻“我有时谈到人会怎样的骗人，怎样的卖友，怎样的吮血，他就前额亮晶晶的，惊疑地圆睁了近视的眼睛……”

我们谈自己的伟大抱负，常常是以自己的工作圈子为起点，以伟大目标为精神终点，反而会忽略掉朋友们一直以来的支持，朋友是我们实现抱负的鼓励者，同时又常是车站和机场的送别者。许多朋友一起走过一段旅程，因志趣不同，就会分别。离开并不是结束，离开只是暂时的，你们所追求的才是永远的。分别只是表示这一站的旅途已经结束，同时也意味着下一站的幸福即将开始。真正的友谊，又何必在乎地域和时间呢？

很多人便是在某次爱情、友情和亲情的突变中，猛然发现自己瞬间走向成熟和深刻的。朋友固然重要，但人生的路还得靠自己走完，我们必须要懂得从热闹中逃离出来，单枪匹马，一叶孤舟，与生活对晤。也许，一段关系的结束，便意味着另一段关系的开始。人生的路还很长，与以前好友作别匆忙，与后来好友相识不晚，朋友之间别无所求，你我便成了莫逆之交。如诗人周涛说：“两棵在夏天喧哗着聊了很久的树，彼此看见对方的黄叶飘落于秋风，它们沉静了片刻，互相道别说：明年夏天见！”

找到与我们磁场相同的人

物以类聚，人以群分，能够相聚在一起，多多少少都是因为两人身上有相似或者相同的东西，这些东西把两个人紧紧围在一起，可以把它叫作磁场。我们倾尽一生，就是为了找到那个跟我们磁场相同的人，但是人海茫茫，有的人第一眼看上便沦陷，感觉很舒服，这可以说成是一见钟情他人的容颜或者是气质；有的人看了很多年，还是特别讨厌，见了面也常常是几句特别尴尬无聊的寒暄。

三观相似或者相同，是友人和恋人长久相处的必要条件，要是两人的三观不一致，甚至完全相反，那么他们相处的时间绝对很短。

同一个磁场内的人，性格有相似之处，也可以完全不同。比如一桌人围在一起讲笑话，有的人笑点是一样的，总是能够同步笑得前俯后仰，旁人却觉得莫名其妙。他们也能讨论对一些热点新闻、焦点人物发表意见，价值观不同的人，恐怕会疏于沟通，懒得经营他们之间的关系，甚至常常会因为观点不和而引起不必要的烦恼。

不想听你说话的人，即使你说了千言万语，估计他没听进去一两句，语言根本就拉不近你们之间的距离。想听你说话的人，即使你坐在那儿一言不发，他也会被你身上的磁场和气质所吸引。

相处久了的朋友，三观会越来越合，有的时候，只要看见你的眼神，立刻就能猜出来你的意思，只要看见你的肢体语言，马上就能猜到你此刻的情绪和心理活动。

有的事情，只有懂你的人才能看得明白，才能看得出你内心深处的想法，才能看见旁人所看不到的优雅。因为你们有相同的梦想、爱好、事业观等等，即使某一天你们分别，但是再相遇仍旧可以相聚在一起。

有的朋友，注定了只是酒桌上的，虽然你们天天见面，在一起吃喝玩乐，甚至是相互吹捧，但是你们的心里都明白，大家是走不进心里去的。有的朋友，不常常见面，但是会在你遇到苦难的时候及时出现，在精神上支持你，在物质上帮助你，与你一起分享喜悦，在你低沉失落时鼓励你。浅层次的关系，交的是彼此的经济、权力；深层次的关系，是一个灵魂和另一个灵魂的对话。真正的朋友，是不会只给你掌声和赞美的。

我们不能拒绝一切善意的提醒，也不能一味接受面子上的掌声。人与人相识并成为好友，是一种缘分，心与心相近并相融，是一种难得。

我曾经问过一个朋友他是怎么看待友谊的。没想到他的回答竟然是“我没有友谊，好伤心。”这个回答令我诧异，一个人怎么可能没有朋友呢，竟然连一个都没有，那只能说明不是别人的问题，而是他的问题。朋友的数量并不需要太多，有几个足矣，要是一个都没有的话，只能从自己的身上找原因。优质的朋友抵得过一群面子上的朋友，有品位的人，才能提高自己。

真正的关心是发自内心的，不是流于表面的，不需要太多的甜言蜜语，只要真诚就够了。朋友，也不一定非要天天都在一起，有时候会腻的，只要心里记得就好了。问候，更用不着措辞优美，语言精炼，只要真心就好。真正的朋友，不是整天形影不离，而是默默关注。流于形式的感情，始终是不长久的。时间自会证明一切，如果你们的友情经得起检验的话。时间久了，无缘的自会渐行渐远，有缘的自会留下。

人活着，并不仅仅只是为了追求物质上的成功，我们应该向精神领域不断探索，不断进军。建立自己的精神宝库很有必要，不然人活着就太枯燥，我们获得的如果不坦荡，心里始终有疙瘩，那么会相当痛苦。我们对待朋友，也要怀着一份赤子之心，要善良，但是这些东西都要有一个尺度，善良并不等于滥情，如果是不能明辨是非，那一定程度上比恶毒还要可怕。

我们交友的大门永远是向所有人敞开的，但不是所有人都能与你成为朋友，也不是所有朋友都能理解你的善意和真心。不能理解的，也不必强求，不必斤斤计较，但如果是触犯了原则的事情，一定要敢于表达自己的主张。

勿以己之长而显人之短，勿以己之拙而忘人之能。我们最缺少的就是换位思考，如果大家都能将心比心，以心换心，生活就没有那么多的糟心事。很多友情里的关系，既是同事，又是知己，对于这样的关系，我们应该秉承这样的观念，做事业上志同道合的朋友，思想上肝胆相照的知己，工作上密切配合的同事，生活上相互关心的挚友。

能够在一起共事，是一种莫大的缘分，要对自己多一些反省，少一些自大，对他人多一点宽容，少一点苛责，对下级多一点体谅，少一点责怪，对上级多一些尊重，少一些拍马屁。尊重是发自内心的，不是嘴上的。以海纳百川、不计恩怨的气量，以相互谅解、坦诚相见的气度，以闻过则喜、有则改之无则加勉的雅量，多看他人的优点长处，多交推心置腹、直言不讳的诤友，远离阿谀奉承、口蜜腹剑的人。

我们这一辈子会认识各种各样的人，会结交到形形色色的朋友，但是真正能走进心里的没有几个。我们应该择善人而交，择君子相处。被朋友欺骗，是一种不断丢失信任的做法，如尼采所说：“我感到难过，不是因为你欺骗了我，而是因为我再也不能相信你了。”

人，正是有了朋友才不会觉得孤独，正是有了和自己磁场相同的朋友，才更加珍惜那份珍贵的懂得。

真正的友情没有谁取悦谁

我和朋友们围坐在一起讨论友情。

我说："人这一辈子，要是没有一个知心的朋友，那是相当可悲的，生活本来就是该热闹的时候和三五好友一起热闹，该独处的时候一个人安静地坐在那儿思考、看书、听歌，都是很好的生活状态。"

朋友A："我几乎参与任何无意义的群聊，因为大多数时候大家都会讨论某一个人，很讨厌同时也自觉远离那些在背后议论别人的人。曾经见识过一些人在一起嘴碎议论，或许他们是无心的，但其实已经给他人造成了伤害。"

朋友B："不是很喜欢闺蜜这个词，同性闺蜜都要好一点，尤其是异性闺蜜，感觉这种关系就是朋友之上，恋人未满。如果一段友情是建立在互相分享秘密的基础上，那么这个秘密一旦曝光了，所谓的友情也就会随之离析而面目全非。同样，也不是很喜欢朋友圈这个词，但是很喜欢真心的朋友。朋友并不是用来出卖和挡枪的，当然也不希望自己被好友出卖。朋友应该是两枚并肩的月亮，彼此相望，相互照应，特别喜欢对方身上安宁如水的深邃幽光。"

朋友 C：“听说过很多友情破碎后双方老死不相往来的故事，但也不是所有破碎的感情都不能修复，至少曾经的亲密无间证明了我们身上有许多个点都曾无比契合，才让我们成为那么好的朋友。即使有一天某个外来的冲击打破我们之间感情的平衡，让我们反目成仇、让我们互相伤害，可那些曾经契合的点都依然还在。等这阵冲击过去，倘若我们都能忘记曾经对彼此张牙舞爪的模样，那说不定我们还能够重新做回朋友。我们还能够像以前一样嬉笑玩闹、互诉衷肠，我们甚至能变回形影不离的模样，但是也许再也做不到以前那样的心无芥蒂。从此所有推心置腹的话，可能都失去了一个可以毫无顾忌倾诉的对象，因为你可以把曾经的伤害和背叛当作是意外，但我不能再把它们当作偶然。”

朋友 D：“感情是消耗品，一直消磨总有一天会消失殆尽的。人总是一朝被蛇咬十年怕井绳，谁知道曾经发生过的事还会不会再发生一遍。谁能真正一笑泯恩仇，从此心无芥蒂。谁能真正胸怀坦荡，即使闭口不提，特别是当敏感源一次又一次被触碰。我知道这样不好，但我就是介意。”

朋友 A：“越长大，越孤单。小时候交朋友简单自然，可以轻易说在一起，随着年龄和阅历的增长人与人变得谨小慎微。有些人一个不小心转身他可能就消失在人海。一个无意的不联系会促使友情分崩离析。在遇见与失去的世界中茫然无措之际，希望最后仍有人在你最需要的时候陪在身边。”

朋友 C：“拥有一个好朋友，比拥有一段感情要平实的多，在人的一生中，每一次用心的投入都是一种伤害。而朋友则不同，你可以在拥有朋友的同时体味到人性的纯美、真情的可贵。友情同样是一种爱，一种更高尚更至诚的爱。这世上树叶有千万片，这世上人有千万种，不一定都要相爱，不一定都要相守，只要学会欣赏。”

朋友 B：“最好的关系，是谈钱。不管是友情也好，爱情也罢，甚至包括亲情，最好的关系，一定是靠钱考验出来的。不要觉得谈钱是有损自己的格局，也不要觉得谈钱庸俗。你要知道谈钱不会伤感情，反而让彼此的感情更清澈。不会因为谁占了便宜谁吃了亏而背地里互相猜疑，因为你们已经把钱放到台面上来说了，彼此心里更清楚了。”

我说：这让我想起了一段话‘朋友本有通财之谊，但这是何等微妙的一件事！世上最难忘的事是借出去的钱，一般认为最倒霉的事又莫过于还钱。一牵涉到钱，恩怨便很难清算得清楚，多少成长中的友谊都被这阿堵物所伤害。朋友本有通财之谊，但这是何等微妙的一件事！

朋友 D：“其实，成年人的友情比爱情更讲究门当户对。真正的成年人的友情从来没有谁取悦谁。”

关于亲情

时光在倒退，我闭上眼睛，梦见了故乡。

路边的青草垂着露水吻着脚踝，他走在七曲八折的羊肠小道上，朝着爷爷大手所指的那块向阳坡地走去。

群山怀抱的天空，那么小那么亮，璀璨繁星的夏夜，在你不经意的瞬间，就悄悄地降临了。他不会忘记，童年的每一个短暂的夜晚，在樱桃树下漏出一些星光，和小伙伴们围着祖母听着动人的故事。他们的笑声撒满土地，河流。些许从容的骨肉，把自己的魂魄丢掉。

无论从哪个角度看，村庄就像埋在大地里的回忆，深深种下，未出土的情怀包容了人与世界的共有。

抱愧弟弟

我已经不记得有多长时间没有和弟弟坐下来一起谈话了，大概有六年了吧。我也不记得有多久没看见弟弟的笑容了，反正六年来我没看见他笑过，虽然我们见面的机会并不多。他今年二十一岁，从十四岁以后，我就基本上没有参与他的成长，全凭他自己去发展。幸运的是，他没有走歪路。

若是他跟我一起同行，旁人看见肯定会对我说："他是你的哥哥吧？"我会很尴尬地回应："他是我的弟弟，我在天津读书，读书人长得比较清秀。"其实每当有人这样问我时，我的内心是相当痛苦的。两个年纪相仿的人，在社会上饱经风霜的那位肯定要比在学校的那位成熟很多。这几年，每逢开学，我首先想到要钱的不是爸爸，而是弟弟。爸爸每月两千的工资基本上只够他自己用，我若是开口："爸，马上就要开学了，学费我贷款了，但是住宿费和车费我怎么办？"

爸爸的回答常是："应儿，我要下个月才发工资，你看小虎那有没有，叫他打钱给你，我下个月还他。"然后我又说："爸，我不好开口。"爸爸说："我来跟他讲。"过一会儿，弟弟就打电话来问我："你要多少？三千够吗？"我说："随你。"他就会立即给我打了三千过来。要是开学前几天弟弟跟我在一起，他走的时候肯定会去银行取3000给我。爸爸的那个“谎言”已经用了很多次了，他每次总说：“我每个月都会打钱给你的。”我当然知道，如果他真有，他每月肯定会毫不犹豫地如数打给我。他承诺还钱给弟弟，似乎也没有还过，弟弟也从没让他还过。

弟弟从十五岁就一直在一家广告公司打工。他大概是十四岁初三毕业的，当时考取了我们那边的一家高中，若是正常家庭，肯定会供他继续上学的，可是妈妈抛弃了我们之后，家里负债累累。因为家庭变故，弟弟的成绩下滑，他跟着那些小混混们一起出去鬼混，奶奶到处暗访才找到他，那天他刚要在校门口上一辆摩托车，一位老人跟奶奶说：“看，刘虎不是在那里嘛！”奶奶把弟弟叫下来去见班主任。班主任说：“刘虎啊刘虎，你已经不是我认识的那个刘虎了，这两个月你完全变了一个人。”后来弟弟转到了老家那边的中学，上初三的下学期。每天他来回要走两个多小时，中午不回来吃饭，奶奶每天煮两个鸡蛋，一个给弟弟，一个给妹妹，作为他们的午饭。弟弟每天一早从家门口下来没多远就把鸡蛋吃了，中午在学校写作业或者睡觉，他之前已经落下很多课程，中考虽然考得不好，还是上了高中。

当时我快要高考，爸爸因为没钱，弟弟上高中的机会就被取消了。爸爸提议让弟弟去学修车或者开挖掘机，我们那边读不了书的男孩子基本上都去学开挖掘机了。于是，爸爸借了五千交学费，弟弟学了没几天就没去了。爸爸这一生做过很多错误的决定，这算是其中一次，五千块就这么打水漂了。后来，奶奶给弟弟找了一份技术活——学广告，在一家跟我们是亲戚的广告公司。弟弟从十五岁，就在那儿跟着学技术，他踏实勤快，又肯卖力，什么脏活累活都揽到一身。他跟我说：“有时站在二十多层楼高的架子上面做显示屏或者安装广告牌，我都不敢朝下面看。”弟弟的辛苦，终究是值得的。当初他去学习的时候，爸爸老是埋怨“做广告有个屁用，千把块钱的工资，能做什么。”他甚至还打电话给那位亲戚，出言不逊，说弟弟的工资被克扣了，或者是喝醉了酒之后说一些更难听的话，那位亲戚知道我爸的脾气，从未计较过。

弟弟的工资，是用危险、汗水和勤劳换来的。基本上每个月，那位亲戚都会说：“老虎，这个月你不给你哥打钱？”其实，我上大学的生活费，除了我偶尔接一些兼职拿一些稿费之外，有大半部分是弟弟给的，有小部分是爸爸给的，剩下的是亲戚给的。这些年，我很少跟弟弟交流，每次我回去他也回去时，我们两兄弟坐在一块，我总想对他说一些话，可看到他始终沉默的样子，我心里就很难受，一句话也说不上来，跟他交流最多的无非就是生活费和住宿费。只要他有，他是不会不给我的，我开口要多少，他就给多少，绝不多一分，绝不少一毫。除非是他真的没钱，他也会跟我说“先给你三百，过段时间我再给你。”然后到了那个时间，他一定会给我的，不像爸爸的承诺，给了你希望，又让你彻底绝望。

有一次我问弟弟，我说：“老虎啊！这几年我们都没怎么交流了，感觉大家都变了，我也很少看见你笑了。”他说：“是啊，应该是我们长大了吧，也没什么时间。”弟弟的生活跟我截然不同。他早早地踏入社会，熟悉了社会上的生存规则，渐渐地接受了一切冷嘲热讽，看起来依旧劳瘁。而我始终像个孩子一样继续求学，看起来高人一等，其实不然。这种单调重复的生活实在乏味至极，这四年平平淡淡地流逝，弟弟每年要在我的身上花费不少血汗钱，而我到现在却无丝毫建树。若不是身份证上的出生年月铁证如山，别人会以为我真有一个支持我上大学的哥哥，而事实却是我比他年长两岁半，此一愧也。

或许，以后我和弟弟的命运会各不相同，但以后的事情谁知道。人物的性格，境遇各异，命运不同，所以人间戏剧常常精彩纷呈。我这四年虽然过得不如别人潇洒，但至少安稳。我常常会羡慕别的同学的生活，但只要想到我的家庭和支持我的那些人，尤其是我的弟弟，不由得瞑揖默谢。表面上的光荣和人情的虚假，常会腐蚀掉信心，不断的苦难才会不断地需要信心，我想到这些时，我就会觉得我的未来未必全是黑暗，在没有光荣的路上，信心也是不能放弃的。

这几年来，我从未尽到一个哥哥的责任，弟弟的一切总是由父亲和奶奶操心着，奶奶操心得最多。弟弟的工资，还要匀出一部分出来帮父亲还债。父亲是个不善于沟通的酒鬼，弟弟和妹妹每次和他沟通不下去的时候，都会跟我说："哥，爸说话实在是太难听了，我跟他说不下去。"我说："我来。"有的时候是情景反转，爸爸跟我说他跟弟弟妹妹沟通不下去，我说"他们那边的工作我来做。"除此之外，我真的没有给弟弟任何帮助，此二愧也。

弟弟打工的地方，距离奶奶那里不远，顶多坐一个小时的车就到了。我们这几年，一直跟着奶奶颠沛流离，奶奶现在跟叔叔家挤在大伯家的老房子里，我们也跟着他们挤在一块。自从妈妈走后，奶奶就更加疼我和弟弟，她每年总盼望着我们多回去看看他。我在外读书，一年顶多回去两次。弟弟只要闲下来，或者逢年过节，总是回去看奶奶，然后塞给奶奶两三百块钱，但他每次都待不了两天就走。奶奶跟我说："小虎是不是恨我，来这里一句话不说，有时候回去也不跟我打招呼。”我跟奶奶说：“因为小虎看不惯大伯一家人的嘴脸，只要大伯们去你那，小虎是不愿多待一刻的，不是你的原因。”

是的，这几年来，弟弟只要见到大伯家任何一人，立刻浑身不安。他一直和大伯家周旋，尤其是他最近想从大伯家手里赎回我家房子被断然拒绝时，更是恨透了这家人。可能我的安稳日子过得太多了，实在想不明白一个二十岁的青年，这几年遭受了什么？此三愧也。

我不能详述我的童年生活，但那时的生活一定是快乐的。我和弟弟直到现在从未吵过架，我们都失了那常挂在脸上的笑容和痴形嫩气，变得沉默和冷淡了。在他十五岁之前，我们两兄弟基本上睡在一块，两人有说不完的话题，有共同的梦想，我们常常一起远望落日奇景，互讲神鬼故事，直至今日，那些甜美的时光依然活现脑中，依稀如旧。

可惜，他的活泼早已荡然无存，明朗的笑声已经离却他的躯体，真正的欢欣常常拒绝他的内心，我们说了什么好笑的话，他也很少笑了。我还记得小时候的一个场景，老家坡头上有几个小孩子想下山来玩耍，他们的妈妈对他们说：“别去，刘家有只老虎，会吃人呢。”

弟弟是个固执的人，只要他决定的事情绝不轻易改变。他要是说今天下午三点走，不会拖到四点，三点一到，他穿上衣服，拿上行李，不顾一切地就去了，要是老板打电话说明天事情比较多，那他今天无论多晚都会赶到的。

到现在，我忽然明白，弟弟这几年的性格或者行为，我自己也是有的，只是有的还未露面，有的已经显现，只是表现形式略有不同。我和他的理解层面肯定是不同的，归根结底，或多或少都是因为弟弟被迫放弃了求学的机会，致使他的性格和行为变得怪异。但我理解他，正如他一直理解我一样，真正的理解，难免要设身处地去想的，否则就不会把别人看得那么透彻。

我之所以感到愧疚，是因为我在迷途中一直都得到他的支持，只要我往前走，他总是无言让路，而我却没回报他什么，这种不等量的付出和辛劳或许他从未计较过，但当我发现了我的丑陋，已然需要抱愧。

父亲的酒

从很久以前开始，我就一直想写父亲这个人，也不记得很久是多久了。小学初中时候都以“父亲”为题写过作文，那个时候写的父亲大多都是别人的父亲。一直觉得和他没什么感情，通话也极为简略。一提笔仿佛记忆最深处的东西都是和父亲喝酒有关，实在不愿意用这个普通的名字——父亲的酒。

父亲今年四十多岁，因为躲债和过度寻找母亲的缘故，到处奔波，继续劳瘁，在几个兄弟姐妹中看起来是最年老的一个。大概是无法排解心中的孤独和寂寞，便寄情于酒，从此和酒结上了深刻的不解之缘。

他是一个极爱酒的人。这个家还没有散的时候，家里的酒壶是从不会空的，要是空了便叫我们去帮他打满，平常在家里吃饭他自个儿也要喝上二两，来客人时便开怀畅饮，从来不管我们的劝阻，仿佛他不喝得烂醉就怠慢了客人似的。至于喝酒的门道，也是五花八门，一个很大的玻璃容器，里面放进红枣、当归等物，用酒把它们泡着，吃饭的时候接上一杯，一个人慢慢品尝。一口下去，拧着的脸上立刻显示出痛苦的表情，一会儿这痛苦的表情就慢慢散去，变成了回味的模样。

只要他一喝酒，我们家的末日仿佛就来了。在印象中，父亲好像还没有一次喝完酒不和母亲吵架的。他只要喝上几杯，脸立马就红到脖子根，和母亲吵闹的时候，有时他们也会动手打架，碗碟摔得到处都是，家具有时也难逃厄运，所以我们家有客人来了，总是奇怪为什么有的柜子少了一只脚，有的柜子少了一扇玻璃。我们几个一般跟着母亲组成一个阵营，父亲咬着牙狠狠地瞪着我们，额头上的青筋要跳出来了一般。他虽然看起来凶神恶煞，但几乎不会动手打我们。吵完架他倒头就睡，我们还得收拾残局，屋内弥漫着烧酒的味道，难闻极了。

因为爱喝酒，父亲时常面红耳赤，语言粗俗，平日一副凶神恶煞的样子，姑姑家的儿子来我家之前，都要打听父亲是否在家，若父亲在家里，他就讲："杀气在的，不去。"有时不知道父亲是否在家，便探头探脑地趴在门边观察，进门之后规规矩矩地坐着，不敢说话。父亲虽然看起来"凶神恶煞"，但他真和别人动起手来，总是最吃亏的一个。

五年前，被奶奶"撵"出去赚钱之后，三五月回家一趟，都是待在奶奶那里过不上两天就走，有时候招呼也不打一声，奶奶多次埋怨，最后也只能用躲债和没有地方睡的理由来安慰自己。

本来我们也是有家的，早些年父亲因为欠债不得不把含辛茹苦养活的第四个孩子（两个排面的小平房）抵押给别人，大伯出面出钱把房子的使用权给转手接过来，也因此落得被父亲说是趁机敲诈不顾亲情的骂名。

父亲是一个倔强而且爱面子的人，死活不肯在兄弟家的房子里住太久，自从房子没了，奶奶在哪里，他便叫我们几个跟着去哪里，现在奶奶被叫去城里带孩子，老家的房子空着，我们也跟着挤在一起生活。住的是大伯家以前的老房子，父亲不知道是否碍于情面，好几次回来都是住在旅社，身上没钱时就蜷缩在沙发上。

奶奶还没去城里的时候，住在老家的房子里面，有一次夜很深了，我放假回来住在叔叔家房子里，父亲大半夜从外面回来，满身酒味，硬是要叫我起来带他去奶奶家，我很不情愿地爬起来想叫他快躺下休息，他却一直闹，闹了大约半小时，他说住在人家的房子里我不甘心。顿时这话使我思绪万千，眼泪瞬间掉了下来，我哭，他也跟着哭，后来，没办法，只好送他过去。

至于别人对他的评价，大多与酒有关。认识他的人都说："要是你不喝酒，肯定是个好人。""这些年他都变成一个酒神经了。"而在奶奶的眼里，父亲就是一个典型的不孝子，不过这么多年以来，奶奶从没有放弃过父亲。他没回家的时候，奶奶总是念叨，不是念叨父亲给她买什么，而是念叨爸爸能够回来看她一眼，想办法和大家筹齐我的学费，奶奶每次满怀希望的期待父亲能够带点钱回来，哪怕只是一千八百，也能帮上一点忙。电话里说得好好的，约定好什么时候到，准确到几点，奶奶做好了饭菜一直等，每次父亲都是迟到，理由无非办事，路上堵车。

我上大学，每学期开学之前他都向我保证："应儿，我每个月一定会给你打生活费的"，我说行。然后每学期他都给不了多少，我也从来没埋怨过，也很少开口向他要钱。

幸好，每次回家他的穿着虽说不高档体面，却也完整干净。奶奶一直担心父亲在外面过得不好。父亲和奶奶每回的通话总少不了"只要你不喝酒，你就是一个好人"之类的叮嘱了。一打电话最后一句总是强调："儿啊！

你千万不要喝酒。”一进家门就叫妹妹悄悄去闻一闻身上有没有酒味。这几年我也不知道父亲在外面干什么，听奶奶提起说是在贵阳当保安，一个月两三千的工资，每月都花得七七八八了，后来听说合伙和别人开了一家饭店，只要提到合伙奶奶便不高兴了，因为这几十年了她见证了自己几个孩子生意之间的不和，更何况是和外人。所以每次回来身上剩不了多少钱，连回去的车费都要开口向奶奶借。

奶奶说恐怕是他在外面有了另一个家了，我倒是听说过父亲和另外一个女人好过，不过后来分开了也是因为父亲喝酒把人家的父亲给打了的原因，我是不愿相信的。母亲在外面有了自己的家庭，父亲曾在别人面前说过，“要是那个婊子回来，我一定砍断她的腿”。别人劝他另找一个，我始终都是持反对意见，我们都这么大了用不着别人来照管，但这几年我逐渐意识到父亲的生活少了一个女人变得极度窘迫，尽管极不情愿，我也不反对了。无论和谁，只要他不喝酒，好好地和别人过日子就了却我的一桩心事。

记忆中父亲喝酒惹事的故事并不少，很多次都可以归咎于他喝酒以后酒性不好，唯有一次刻骨铭心，使得他改掉了不少。母亲走了以后，很多人都说是母亲的娘家人怂恿的，那次恰逢舅舅家给儿子办结婚酒，父亲喝了一些酒，在回家的路上碰见舅舅家置办家具的人。接下来的过程就有几个版本，有的人说，父亲酒性大发，抱着一个大石头把人家的新家具砸出一个窟窿，于是，舅舅家的两个儿子和帮忙的人把父亲给打了一顿；有的人说，那些人早就看父亲不顺眼，想要替母亲报仇；还有的人说父亲那天故意挡住了他们的去路，于是他们不得不请他离开。至于哪一个是真是假，都不重要了，我只是知道后来我赶到医院的时候父亲正在抢救，派出所报案的人说当时看见一个酒鬼躺在血泊里，以为死了。

出院以后，父亲收敛了许多，但是，酗酒从此成了他的爱好，也是一种寄托。喝酒惹事的时候，奶奶偶尔会埋怨：“都怪那些人把他打憨了！”

酒是一种爱恨交织的混合液体，我喝下去没事，你喝下去就不省人事了，我喝酒的时候心里想着喝酒的你，你把路人亲人甚至是过去没有成长的我的冷漠和放弃全部释怀在酒中，一杯下肚，你却不知道，我每天都在关注新闻，我害怕在路人酗酒身亡躺在路边之类的新闻中会看到你那狼狈的模样。

黑色抽屉

一、黑色抽屉

算起来，爷爷走了有三年多了，这两年多的时间竟然恍如隔世，我也渐渐地就接受了一个人从生到死其实不过是人生必经的过程。可是我时常从睡梦中惊醒，心里依然还能感受到爷爷的存在，那种感觉就像是我正准备要从家里起身坐车去城里的时候，他拄着拐杖一踮一踮地站在叔叔家的楼上目送我的身影从村口消失。

离开学前一周，奶奶催促我提前把行李收拾好。那年爷爷的身体一直不好，臃肿且剥掉死皮能露出鲜红血肉的左脚把他拖得很瘦弱。奶奶估计是察觉到什么，便对我说："应儿，你这一走就是半年，如果上学想我们，先给我们拍张照片，想我们的时候可以从手机上面看看。"

她翻出爷爷以前大寿时候大伯家买的黑色印花衬衣和一件白色的长袖T恤，我把爷爷从床上扶起来帮他穿上，然后搬一张长凳摆在叔叔家的楼下，爷爷把两面的袖口卷起来，白色袖口套在外面，神态坦然但看起来有些虚弱。他的后面是一些砌得歪歪扭扭的砖块，砖块背后冒出几棵枯黄的玉米花。另一张的背景是在叔叔家楼上蓝色的大门前，奶奶穿着一件短袖，坐在长凳上面，微微一笑，看起来微胖。照好以后，我拿到城里去洗出来，买了两个相框，然后挂在爷爷奶奶的床头墙上。那是爷爷七十岁以后唯一的一张照片，遗憾的是，爷爷的葬礼也没用上这张照片，遗憾的是，这辈子爷爷奶奶从没有照过合照。

坐车的那一天，我从家里出发，躺在床上的爷爷在奶奶的搀扶下依旧从叔叔家的楼上目送我的身影消失在村口。

回到学校两个月以后，突然接到家里的电话，婶娘说爷爷走了，今天刚抬上山，奶奶不准我们告诉你，来回的车费太贵，又害怕影响你的学业。

我始终还是没能在葬礼上目送爷爷最后一程。

棺木是一只最大最沉重的黑色抽屉，当把它放进挖好的长方体深坑以后，开锁的钥匙也就随着抽屉长埋地下。

人世间最大的痛苦莫过于：当你能在心里最真切地感受到一个人存在的时候，任你如何使劲去想也不能完整地想起和他的任何一件往事。

二、怀里长大

小时候，爷爷家和我家隔得不远，爷爷奶奶住在土墙房里，我家住在平房里。去爷爷家只需要跳下门口的路坎，跑着走十几步便可沿着土墙房伸出来的石坎的边缘贴壁上去。

爸妈经常吵架，而且不分场合和时间。有年冬天深夜父亲从外面回来，喝得烂醉如泥，一进门就对母亲破口大骂，所有难听的脏话他都说了一遍。

我和弟弟睡在后面的房间里。母亲听不下去便反驳他，接着他们打起架来，声音很大，母亲边哭边喊叫："小应，快去叫爷奶来。"当时我们小，害怕他们伤到我们，我和弟弟就爬起来往爷爷家跑去，光着身子，边跑边哭，边哭边喊："爷奶，我爸和我妈又打架了。"听到声音，爷爷家后窗就会亮起来，奶奶跑得比较快，爷爷拄着拐杖在后面一踮一踮的，"这两口子又吵架，估计这混蛋又喝酒了，大冬天的，两个孩子怕冻感冒了"，"快！快跑到你爷爷的被窝里面去。"

爷爷的被窝里面很暖和，那个时候用不起电热毯，爷爷就睡前在炉上热好一壶水，开了之后倒在一个玻璃瓶里面，然后塞上橡胶塞，放在被窝的中间，一个晚上脚都不会冷。奶奶常说弟弟是爷爷带大的，而且是在爷爷的被窝里面长大的。只不过后来弟弟长大了，爷爷的被窝容不下了。爷爷总是说："小虎大了，嫌爷爷脏了，不喜欢和爷爷睡了。"弟弟没有说话。我们心里都明白，爷爷落下的残疾后来越来越严重，和他睡在一起蹬腿的时候恐怕会碰到他的伤口。

后来我们上了小学，我家搬到城里去，爷爷和奶奶就待在老家，每逢周五，我和弟弟事先约好，谁先到家谁和父母说我们回老家，要是爸妈不同意就直接去我们事先约好的一个地方一起出发。父亲总是不同意我们下去，至今我也想不明白为什么。我和弟弟常常趁着父亲不注意放下书包一溜烟就回老家去了。

每次回老家，我和弟弟都会帮爷爷奶奶大洗一次衣服床单被褥，我们负责洗完晒干收回来，奶奶负责拆开和装订。奶奶订的农村被罩特别好看，每回帮爷爷订的时候，爷爷坐在火炉旁边弄他的烟斗，用一根铁丝在烟头处来回捣鼓，抖落里面黑色的烟渣，然后再从随身携带的小铁盒里面挑选烟叶出来卷好放进烟斗里面，划上火柴或者是直接把烟斗伸进红红的火炉里面点燃，随后便很享受地抽着他的烟斗。奶奶看着，边钉被罩边说：“你能不能爱点干净，你看你那袖子在火盘上面来回搓，都脏成什么样子了，每个星期这俩孩子洗一回不容易，就不考虑下人家洗衣服的难处。”“我天天去土地里干活，哪里来的干净。再说农村人，要什么干净。”爷爷继续抽他的烟杆。

待了两天后，我们周日下午就得走了。晚上的时候，爷爷睡在床上，大概是饿了，从后屋里喊了一下：“小虎，帮我煮一碗稀饭。”没人应答。过一会儿，“小虎虎……”后面一个字的音调拖得很长，高过奶奶这头电视里的声音，奶奶爬进来穿上外衣走过去，“小应小虎早就走了，你要吃饭锅里热得有，稀饭哪个服侍得起多少”。奶奶说了两遍，还说得很大声，爷爷的耳朵不好。过一会儿，便安静了。

三、和土结缘

我们这一家人都有一个习惯，就是在冬天的时候都会种一些果树，尤其是樱桃。老家门前的院子里面，长得有十几棵樱桃树，岁数比我们还大。院子里面常常栽种一些菜苗、蒜苗，偶尔种上一季玉米。奶奶给我们讲过，土坎边的那棵树有四五十年了，那是姑父从余家砍下来的樱桃枝上拖过来的，当时她在挖土，就随便栽在土坎边，没想到活了；中间的那颗梨树本来活得好好的，被爷爷移到后山去，死了，左边的桃树爷爷嫌挡了粮食的阳光，便砍了……我和几个弟弟们从小到大就喜欢种树，在获得奶奶的允许并问好适合种树的季节之后，我们就会扛着锄头拿着镰刀在后山和前院的几个叔伯家的土地种上一些果树。每年都种，却怎么种都种不满。

寒暑假我们回家看见种的树不见了，跑去问奶奶，奶奶说是爷爷去种地的时候，发现有的樱桃树长高了，挡着玉米秧的光线，就把它们移到土埂边上，有的没活，你爷爷就给拔掉了。

门口的院子里有一个直径约十米的大坑，坑里面长了几颗杜仲树，树皮可做药材，爷爷一直舍不得砍掉。坑边的一家人老是往里面倒生活垃圾，坑里面的玉米每年都活不成。奶奶说，干脆把这个坑给填了，爷爷不许，他说填上了坑里面的杜仲根太深，恐怕活不成。

放寒假，所有人都回老家过年，在院子里面玩的时候才发现坑不见了，坑里面的土差不多和外面的一样高了。问奶奶才得知，原来是爷爷后来决定把坑填上。他说填满以后可以多种几棵玉米，每天早晨他还没吃早饭就带着锄头和簸箕去院里，把高处的土抬到低处，坚持了很多天，把坑填平了，而且坑里面的杜仲活了下来。

爷爷一辈子都在和土打交道。自从几个叔伯家全部搬进城里以后，老家就剩爷爷和奶奶了，他们也搬进了之前我们住的平房里面，两边是土地，前面是院子，后面是大山。平房的左边是以前烤烟留下的土房，很多年不用了，后来下了几次大雨把墙给冲垮了。爷爷想收拾一下里面准备搭一个棚子养几只鸡来下蛋，搭棚子的时候墙垮了，倒下来的泥块把爷爷全部盖住，奶奶看见以为爷爷已经被打死了，堂弟赶紧跑过去把爷爷掏出来，有木板挡着，还好无大碍。

平房的左边当时不是土地，只是一些烤烟房倒下的压得很紧的泥块，而且前面还是一个小斜坡，斜坡下面是一条小路，斜坡边上种了几棵李树。爷爷想把那些泥块捣碎种点菜，奶奶不准。“前后那么多的空地种白菜够吃了，你倒腾这点土来干嘛，”“那些土远，再说弄好了也能多种点白菜来吃。这几棵李树都快要死了，就是因为养分不好，水分太干。”奶奶知道拗不过爷爷。于是，爷爷带着我们扛着锄头、锤子。不到几天，一块新的土地就出来了，黑褐色的土地上覆盖了厚厚的一层黄色的泥土，路沿也砌了起来，把斜坡给覆盖了，差一点就有爷爷高了。

四、八十树人

我们栽种的樱桃树一年比一年多，一年比一年高，而种樱桃的人却再也不能回家尝到樱桃的味道。

樱桃熟了，平房前面石坎边的樱桃树的枝丫已经伸进了屋檐下，高的人张着嘴就能吃到樱桃。这个季节，我们喜欢比谁能爬得最高摘到最大最红的樱桃，爷爷在树下拄着拐杖嘱咐我们一定要小心，几个同伴在树上来回跳和爬，摇落了一地熟透了的和坏掉了的果实，坑洼灰白的水泥地上缀着密密麻麻的红的黄的绿的樱桃，还有一些我们吐下来的樱桃核，像是一幅灰暗的油画点满了五颜六色的油彩，爷爷佝偻着身子，拿着盆，一颗一颗地捡起地下的樱桃，有的直接放在嘴里，有的揣在兜里，黄的绿的红的都有。

我们从树上跳下来，他从兜里掏出一把红的给我们。

樱桃熟了不久，就到了收粮食的季节。爷爷奶奶一直住在老平房里面，后来叔叔在对面的乡村路旁边修建了两层贴瓷砖的平房，一楼留给爷爷奶奶，他们搬过来住在路边也比较方便，老平房用来堆放粮食。

搬过来以后，叔叔就把老平房的电断了。爷爷是负责看粮的，收回来的粮食要生火把粮食烤干以后才不容易出虫。爷爷每天早上吃完饭就过去，中午我们轮流送饭，晚饭回来吃，如此循环，直到粮食干了。有一次，奶奶去土里收割剩下的玉米秆，我们送饭过去，爷爷坐在门口的水泥地上面正在编玉米，叫他吃饭。他说："你奶回去吃饭了吗？""还没有。""那她估计快来了。留给她，等会我回去吃。"晚上的时候，奶奶说老房子里面黑灯瞎火的什么都看不见，爷爷的眼睛又不好，就叫我把电给接上了。

再后来，我高中毕业，考上了大学。拿到录取通知书以后，爷爷问我："考了哪里？"我说："天津。""天津在哪个地方？""北京的旁边。""哦哟，在北京的旁边那是一个好地方。"然后又会语重心长地告诉我自从我上初中以来听得最多的他一直重复的话："应儿，你爸他们不成器，这个家所有的希望都寄托在你的身上了，你要好好读。"

五、目送

时光在倒退，我闭上眼睛，梦见了故乡。

路边的青草垂着露水吻着脚踝，他走在七曲八折的羊肠小道上，朝着爷爷大手所指的那块向阳坡地走去。

多少次走过这条熟悉的山路，不记得了。多少次以几种年龄相互叠印的目光凝望，也不记得了。小时候，爷爷带他来到这里，双手沾着泥土给他上第一堂庄稼课，爷爷的眼神里噙着希望，让孙子能走出村庄，跳出农门，学成之后，又回到村庄。

见时容易别时难，完全离开爷爷，是一个复杂的工程。我们这一大家人没有照过全家福，每次过年总会有人会因为各种原因未能聚在一起。

随着年龄的增长，爷爷的模样逐渐地就在我们的记忆中一点一点地被时光给吞噬掉，即便是数次从睡梦中惊醒也难完整地想起梦中的故事。人世间最大的痛苦莫过于：当你能在心里最真切地感受到一个人存在的时候，任你如何使劲去想也不能完整地想起和他的任何一件往事。而刘氏家族的子孙们，就只能在记忆的流光里，目送着爷爷拄着拐杖一踮一踮地走向我们生命的尽头。

默爱

因为有你，心不再流浪，旅行的帆终于有了可以垂落的岸，从此心里便叠印着一个永远也不会忘记的人，那便是奶奶。

黄昏，掩住了落日的光潮，天色开始沉黑，静如圣座前的默祷，几处啜泣的云，疏松地散落在天空，只露些惨白微光，远处几户人家屋顶渗出来的烟尘正在莽莽苍苍地吞吐，筑成一座粼粼的长桥，一些往事无名的惆怅和回忆泛出的一流翠波，上下对照、翻滚，幻化成一个神灵的微笑，一折完美的歌调，一束穹隆的琼花，一种不可比况的幸福感。我一面将自己的部分情感融入自然，成为其中的一分子，一面拿着纸笔，尽显痴态，望着月牙，想从她洁白的光辉里，偷取一点月华献给我的祖母，铸就她一生光明彩照的灵魂，给她绵绵不绝的温馨与取之不尽的力量。

每天，只要窗户外面开始沉黑，奶奶就问我们时间："几点喽，新闻联播怕开始了？""五六点。""哦，那还早。"要是我们说马上七点了，奶奶必定会打开电视等中央新闻。

我们不喜欢看新闻，她便说："要看新闻，看看现在国家的政策。"打开电视以后，播到下雪她便说："今年的冬天冷，全国各地都在下大雪，天气冷了人都不好过，要是天气晴起来就好了，也不至于这样”；播到地震她便说：“这是哪里？怎么又死了这么多人，想到这些人死了好可怜。”播到火灾她便说：“天！有人死没有？”急切的神情里，流露出丝丝同情和无奈。平时她最喜欢看新疆台和西藏台，每次说服我们不换台的理由就是“就看这个，不要换，新疆人西藏人生的好，白白净净的，那是个好地方。”

电视里的影像就像每个人生活中在某个阶段发生的故事，每日每夜都在播放悲惨的新闻、煽情的苦情剧、轻松愉快的小品，赏心悦目的综艺节目，精心安排的广告等，老人们从不厌烦，看过的电视剧即使重播也会看下去，或许他们是因为孤独才需要电视的陪伴，或许他们小时候没有见过电视觉得新奇想要看个够，或许他们完全是出于无聊用来打发时间，或许他们也会像年轻人一样仅仅只是为了追某个电视剧的一个结果，或许深谙世事的他们明明知道这些只不过是别人精心构造的剧情，可是他们却把电视当成了生活的一部分，甚至是当成了另一个可以相互对话自言自语的伴侣，仿佛电视剧里的情节，和自己以前的经历类似一样。

奶奶说：“我就喜欢看电视剧里悲惨可怜的人，因为我就是个可怜人。”

那个愈来愈老，愈来愈小的身体，除了这些话，再无别的了。这种叨念，从早到晚都说个不停，甚至是自言自语，仿佛一下子要把她所有话向我们吐露完。“像我年轻的时候，一个人做豆腐，早上起来要推五桶豆子”；“现在的小娃过得比我们小时候好多了，我们小的时候巴不得吃上一碗米饭”；“小勇，你这个不该这么做，应该这样来……”哪个媳妇家务做得不好，哪件事情该怎么做，要唠叨半天，哪个孙子孙女不听话，又要开始唠叨。奶奶虽然从未碰过书本，未踏进学校，识的字也不多，但是，她那本社会人生字典里，却藏有许多简单深刻的人生哲理。

哪家最近生意不好，哪个儿子最近事业不顺，哪个孙子在外求学打拼。她依旧用她的方式，求神拜佛，请人算命，看坟山，看风水。不管人家会收她多高的价格，她依旧如此固执。从算命先生那里听来的解决之道，求来的偏方或者画的符。她记住了然后一字不落地告诉家里该如何应对，什么事情能做，什么事情不能做她都讲得头头是道。

她请无数个算命先生算过，都说她的几个儿子不顺，是因为没有在家里请“家神”，等有了钱，她就请人看好黄历，安一个在家里，作镇宅昌运之用。

别人讲什么，她就信什么，只要是能够改变家族的命运，即便是儿女们千叮万嘱她也会把自己辛苦存起来的钱在“风水先生”那里买回来一堆用不着的东西。风水和坟山是他们这一辈人最心驰神往的地方，该不该给先人建碑，该不该在家里请观音进来，该不该给儿子请人做一场法事，这些问题，在她的心里，都是经过深思熟虑的。日子久了，我们就习惯并渐渐接受了她的迷信，因为我们从里面看到了寄托和深深的无法抗拒的爱。

奶奶说：“我是从来不去我弟弟家过年的，我要把我们这家人的节气和志气给立起来，等我都走到了去人家过年的那一步，我还不如去死算了。”她始终如此倔强，始终尽力维护着儿女的面子。

步入七十岁以后，尤其是在爷爷走了以后，她变老的速度很快，身体也大不如前了，由于年轻时候积攒下来的劳碌病，现在每天都靠药罐子伺候着。她说：“你们别给我买吃的穿的，只要能养好我这病让我多活几年，我就能看到孙儿们有个着落。”也许是对贫穷与孤独的深刻认识，她教育我们要认真读书，摆脱贫困。全世界的母亲是何其相似！她们的心始终一样，每一个母亲都有一颗极为纯真的赤子之心。

你将你无声的爱，化为西天处的一滴光明泪，飞向我们安顿的地方长随；用宽厚的臂膀撑起这个家，孩子和孙子在你的背上成长，左边一个，右边背对一个，把你的背压弯成弓，是要将我们射向远方。奶奶，爷爷临走之前，始终没有向你说一声“对不起！”他一定是很想说的，只不过是碍于面子，他始终放心不下这个家庭。你，既做了父亲，又做了母亲，他一生中，最对不起的人就是你。可惜，这些话爷爷再也不会亲口告诉你了。我想，这五十几年以来，你应该知道。

但愿，你能看见我成家立业。

奶奶，开始被黄土掩埋得越来越深，她也在催促儿子们给她买好棺材，寻好墓地。

我多想贴近大地，贴近你的心跳。

到今天为止，在这静谧祥和的村庄，这破落颓废的乡间六间砖瓦，刘氏家族袅袅香火的延续。我们的安稳依然是个体的、狭隘的、局促的、卑微的、落魄的。你的一身素装，一直在乡下挣扎！而辣子、白菜、蒜苗、玉米秧脱下的泥土，麦杆焚烧的灰烬，还在向她的身上落，一场纷纷扬扬的大雪逡巡在半空，和她满头的白发，构成了农村最美的画面。

她多么平静。她的另一个身子，七十几年，还在村子里挪移，不曾停过。频繁的来电通话里，仅剩几粒牙齿和几分祝福还在努力微笑和报好。

她又多么固执。依旧用她独特的方式，为刘氏家族的命脉发扬光大操劳一生。

其实我很害怕，害怕某个假期回来奶奶就不在了，就像爷爷过世一样，家里瞒了我很久。我多么想把她从掩埋一部分的泥土里拽出，多想挥动那把不曾锈过的锄头，多想用我的生命的十年去换回她的年华，哪怕仅是一年。

我的家

“家”这个概念，我竟然在越来越淡薄的念想中寻出感觉来。

个体观念的家，便是房子，不需太大，够一家人住着便可。我一直梦想着能住进宽敞的房子，每个人都有自己的床，我有自己的卧室，我的房间可以自己设计颜色，挑选家具，甚至还可以养几盆花草。

临近寒暑假的时候，我们纷纷购买回家的火车票，别人问我：“今年你回家吗？”我欣然回答：“当然回啊！我可是个恋家的人。”同学走后，我立刻愁容满面，我哪里还有家呢？六年没见过妈妈了，爸爸常年在外漂泊，也不敢回来多待一两天，弟弟打工比较辛苦且活比较多，妹妹在外面也不愿回来。我一年回去两次，最重要的事情便是陪着奶奶。

活到现在，我的家一共有三处。第一处是在老家，两间十多平方米的平房，中间留出一扇门大小的空间，前后屋可以来回走，爸妈睡在前屋，我们三个孩子睡在里屋。当时我们的年纪都很小，男孩女孩之间从不避嫌。小时候那几年的时光，越来越调皮，烟熏火燎的房间，一不小心，就和回忆狠狠地撞了一个跟头。

第二个家，是我们搬到另一个地方去的新房子。搬进之前，我们一家人住过帐篷，卖过食品和水果，在大伯家的房子开过饭店，后来又租过房东家的房子住了两三年。寄人篱下，冷嘲热讽就像我们住帐篷时从缝隙里吹进来的凉风一样施施然袭来。当时的日子过得并不富裕但一切像模像样。那时，家的感觉是比较浪漫的，我们始终坚守着阵地，虽然是人家的房子，但是每扇窗户的后面都有故事。

爸妈赚了一点钱之后，不打算继续租房子了，便盘算着买下房东家路边的一块地，修一层平房，那块地花了好几万。爸爸和房东商量，修两间，房东家不用出钱，一间给他家用来抵掉那块地的钱，另一间我家自己住。爸妈告诉我们，他们会努力赚钱，一年盖一层，他们盘算着，最多后年我们肯定就有了自己的卧室。

修房子的整个过程，爸妈都参与进去了，亲自监督，激情饱满，我们放学后，放下书包，偶尔过去跟着大人们拌水泥砂浆，递砖块，工人们在匆忙中把四周的墙筑得很高。过几天，规划局来查，不让继续修下去，爸爸到处找人，和那些拆迁队的周旋。在一个寒冷的夜晚中，几十个工人偷偷地把房顶弄好了。

房子修好以后，爸爸特意办了一场大的酒席，来道贺的亲朋好友都夸他很有出息，惊讶他能在这个地段修起来房子，可当时他们并不知道另一间房子已经给了房东家。

我们一家搬了进去。家虽小，但很温馨，毕竟是自己的房子。我们挤在一间三十多平方米的屋子里，新买的家具把屋子塞得满满的。房梁上垂下一块长长的窗帘，把屋子分成窄窄的两间，里面铺两张床，外面摆了跟随我家十多年的沙发，绷了新皮。晚上睡觉时，我仍和弟弟挤在一张床上，妹妹有时睡沙发，有时睡在爸妈大床的另一头。

冬天的时候，寒冷的风从门缝里刮进来，把我们从头到尾挤了一遍，妹妹在沙发上冻得直哆嗦，我和弟弟夜晚便到四伯家去睡，早上才回来。

像这样在这里住了几年，虽然拥挤但仍然温暖，爸妈一年盖一层的诺言也没有实现。酸咸的回忆中裹卷着甜味，心中盼望着自己有独立的卧室，却也渐渐褪去。

我常常把不大的家收拾得很干净，经常怂恿弟弟和我挪动那些高我们很多的家具，变换着设计我们的家。现在不比以前了，往墙上钉钉子贴东西，房东不会下来拉着脸喋喋不休地指教着我们。这种惬意恬淡的拥挤的家庭，起初我还隔几日一次地嫌它太小，后来爸爸因为还债把它暂时抵押给大伯家，一直没钱没有赎回来。今年弟弟打算赎回来时，大伯家也不愿意了，我家的房子要被挖了，一个平方赔一万多呢。家就变成了我们心中像正在愈合的伤疤一样，只要轻轻一碰，浑身便痒疼得厉害。

房子没了，我们一家人都散了，最怕过年或者过节，每到这些节日，必要引起无尽的哀愁。我上了大学，住校，一年最多回去两次。我们跟着奶奶和叔叔家挤在和老家差不多大的两间旧平房里。前面一间铺了一张床，一张旧木沙发，新绷了好看的布，里屋铺了两张床，一张大的，是奶奶的，一张小的，是堂弟的，只够他一个人睡。我只要放假回去，家里的床便不够睡，叔叔和婶娘待我如亲生儿子一般，婶娘怕我受委屈，于是从楼下搬来几块水泥砖，从邻居家要来几块木板，推倒一张绷新布的沙发，靠墙放着，下面垫上木板，往上面铺上好几层旧衣物，盖上一层床单，便又多了一张床出来。

屋子更加挤了。这床不能承受体重太高的人，时间一久床就被压得凹凸不平，睡在上面跟坑上差不多，所以婶娘叫他儿子睡在上面，把好床留给了我。

这床的下面垫着脆质木板，最怕小孩子在上面疯玩，只要表姐表哥家的孩子来了，这床便要重新搭一次，有时堂弟睡在上面，一个翻身就听见木板折断的声音，在夜晚格外清脆，第二天早上起来，看见他陷入了一个坑中。

快要过年的时候，所有人都回来了，人多的时候，这两间房子塞下了十来个人，我不得不和堂弟挤在那张床上，床沿边摆着三四张椅子，用来增加床的宽度。天放晴的时候，我们拥挤的生活是有味道的。只要天下雨，我们就遭殃了，年久失修的房顶上面滴水下来，一个晚上就把被子淋湿了，难怪我们的被子整晚都是冰凉的。我们想了法子，挪动一下床，在滴水处的正下方放一个锅接水，第二天醒来把水倒了，再放在那里。床对着前后门，过堂风像从粗织毛衣缝里侵袭进来的冷空气一样，尖淋淋的。除了奶奶的床铺有电热毯之外，别的床到了夜晚都是冰凉且有些潮湿的，我和堂弟紧紧挤在一块，半个多小时才能捂热。有时夜间踢掉了被子，第二天早上起来就冒了严寒。

屋子很小，里面的件件物品都洋溢着家的味道。叔叔和婶娘尽可能地让我觉得我的待遇和他们的亲生儿女一样，甚至是有过之而无不及。这几年的时间里，他们尽可能给我家的温暖，弥补我缺少的那份父爱和母爱。

几代人混住在一起，难免会吵架。有时他们吵得很凶，我会自然地联想到我的身上，但吵完架后他们其中一个都会跟我解释，让我不要多想。

有时，我也会逐个开导他们。

每次开学，叔叔都会想方设法地从本就拮据的费用中挤出大的部分塞给我。我只要一拒绝，他们就不高兴了。我过年回去，偶尔会给堂弟和堂妹买些东西，他们反倒责怪我，不该花钱在他们的身上，一切应以我为重。

很长一段时间里，我渐渐忘却了家的任何感觉，还时不时地抱怨着这种拥挤的杂居家庭，但后来我明白了，家不是具象的，而是抽象的，不是实体的，而是人性的，不是狭义的，而是广义的，纵使父母远在天涯，房子空间狭窄，身上流着同样的血的一家人，也能在清苦的生活中把日子过得像模像样。

我听妹妹说，弟弟打算在他打工的地方买一套房子，如果是真的，我便要竭力说服他，把一家人都接过去。真正的家人，没必要因为有了后代便把关系分得很清楚呢。

筹钱

我一年多没有回家去，实习结束之后在学校里闲置了一个多月，在决定回家前的几天才匆匆选了一张回去的火车票。在家待久了不想回学校，在学校待久了不想回家，每次回家返校的那段路程堪比取经，到了家后要花好几天才缓过神来。

奶奶早就盼着我回去，我回家之前跟她视频通话。

“应儿，一年没见，你怎么胖了这么多？”她说。

我并没有回答什么，坐了四十个小时的火车，我终于到了家门口，她早就做好了饭等我。

“应儿，来啦。哦哟，怎么瘦了这么多，我在手机里看到你的脸，我还以为你长成胖子了。”

她的头发白了很多，腿脚也有些不便。人只要进入老年以后，一年的气色会不如一年。

“哦，可能是手机拍摄的角度问题。”放下行李之后，我迅速拿起碗筷，狼吞虎咽吃起饭来，奶奶却不动碗筷，火上温着一小锅水。

“在学校得到酸菜吃不？”

“那边哪有这些东西，只有吃泡面的时候才会吃到酸菜……奶奶，你吃过了吗？”我不紧不慢地问。

“吃不了咯！！牙齿都成空罐罐了。”她用手撑了一下自己的腮帮子，然后张开了嘴：“你看。”她下面的牙齿整齐洁白，是几年前包过的。上面的牙齿只剩下了四颗。

“每次吃饭都特别费劲，最怕东西掉到牙槽里面，现在只能煮些稀饭吃。没有牙齿，吃不了东西了，看着他们吃肥肉时，我倒是很想吃，可是……哎，老了，年轻的时候我一个人能吃一大盘肥肉。”她一边说，一边打开柜子，拿着一袋塑料袋装的黄麦面出来，舀了两勺放进锅里去，并用筷子搅拌了几下。

“这黄麦面没多少了，这是你姑姑家买来的，吃了很久。应儿，等到天气暖和一点儿，你跟我去牙科看看。我想把牙齿拔掉，然后重新包一副。”

“嗯。”我回答得特别小声，可能奶奶都没有听见。我向来不愿意逛街，当然，如果奶奶让陪她去公园走走我是非常乐意的。

“我都打听好了的，老家那边有两个人去了市医院重新包了，之后牙齿就不疼了，像我们这种，基本上都是虫牙。只包一边是一千五，全包是三千。”

“把他们几个弟兄都叫来，一家出五百。”我说道。

奶奶没说什么。要让六个儿女都拿出钱来给她包牙齿，那一定是凑不齐这么多的，总有一家人拿不出，或者总有人会少拿，一个望着一个，而爸爸便是其中之一。

吃完饭后，我收拾碗筷，热水洗碗。奶奶像个孩子似的坐在桌子边，她打开电视，正在观看。我发现电视机有些异常，听得见声音，但是人物图像非常灰暗。

“奶奶，这电视现在怎么看不清楚了？我记得去年都是好的。”

“恐怕是烧火的原因，臭煤熏坏了电视机，要从早上起来就开着，放到中午才能看得清楚一些，到了晚上八九点钟才清晰。”

“那这样很费电呢？你们怎么不换一个？”这两个问题刚一说出口，我就意识到自己不该问，奶奶带着叔叔家的两个孩子，他们都去上学后，她一个人待在家里，电视成了她唯一的伙伴，即便是大部分时间看不清图像，听听声音也不觉得生活如此无聊。

“这是你三伯家的电视，十年了，倒是不怎么费电。换一个，还不是要等你叔叔算工资了，也要等人家主动买，我怎么好开口。”

我陪她看了一会电视，电视机里的图像一直都不清晰。奶奶拿着遥控板，使劲地按下切换频道的按钮，要按上很多次才能切换到她喜欢的节目。

就这样过了几天，每天早上奶奶起得最早，她一起床就打开电视机，别的人看不到半个小时就都各自玩手机去了，她一个人坐在那里看得出神。

于是，我决定筹钱给她买电视机。

叔叔晚上从工地下班回来，我把要买电视机的事情给他说了。

“我打算在网上买，街上的实体店太贵。”

“你买嘛！就怕网上的东西不靠谱。等我过几天算工资了给你。”他说。

我想到，自己的奖学金还剩下一千二，回家前借了五百给同学，他承诺年后一定还回来，自己也就不便开口向他要。在另一位同学那里借了几百之后，我买了一台三十二寸的电视机，花了九百，事先没有告诉奶奶。

快递到的那天，屋子里坐满了人，除了大伯家之外，还有叔叔的几个朋友。我拿了快递进来，小心翼翼地拆开，安装好以后。奶奶坐在床上，一直看着我，又是欢喜又是担忧。我调了她喜欢的节目，走过来把遥控板递给她。

“清楚吗？奶奶，你看看这个角度你看得清楚吗？”

“很清楚。叫你不要买，他们会买的，你还在读书，哪里来的钱。你那个地方，喝一口水都要钱。”

每次只要我主动给她买任何东西，她都非常生气，无论如何都要拿钱给我，要是我不接，她就说：“你不拿以后我就不管你了。”

快要过年了，叔叔的工资发下来了，当天晚上，他和奶奶坐在火边，我躺在屋内的床上看书。

“应儿，你出来。”我走了出去。“电视机的钱，要拿给你多少？”叔叔说。

“随你拿，叔叔，要不我出三百，你出六百嘛，反正都是买给奶奶看的。”

他从裤兜里摸出一把钱出来，数了一遍，然后又拿了几张零钱进去，一并给我。“一共是九百七十块，帮我用你的手机充值五十块的话费。”

我坚持只收六百，奶奶叫我都收下，说回学校还要花不少钱呢。

过完年后，奶奶的牙齿突然很疼，什么东西都吃不下，她之前叫我跟她一起去牙科，她说医生跟她说的，一定要带一个亲属在身边，但我总因为别的事情耽搁了，她一直忍着疼痛。每天晚上吃两包头痛粉，吃了三四天也不见好转。她躺在她的床上，盖着被子，叫我进去，递了二十块钱给我。

“你去帮我去街边口的那家，买一种药，叫吗丁啉，八块钱一盒，剩下的钱全部买头痛粉。”

我接过钱后，跑去药店，跟医生说了药名，那医生说有两种，一种是八块一盒的，一种是十二块一盒的，同名药，但是十二块的药效比较好，我买了十二块的回去。奶奶吃了两天，牙齿依旧钻心般的疼，我看着心疼，又有了筹钱给奶奶包牙齿的想法。

“奶奶，包一副牙齿要多少钱？上次你说的那个。”

“上下都包要三千，等过几天，我还是去拔了算了，疼得睡不着觉，什么东西都不想吃。”

“那拔了要多久才能包呢？”

“医生说，要等四十天。”

我在心里盘算了一下价格，我的新书将在两个月后出版，出版社会送我一百本书，如果我不免费送给亲朋好友，以此为由应该能筹到三千。

我跑去药店买药了。

奶奶躺在床上，绝望地看着布满黑色苍蝇屎的天花板，她沉思了一会，拿起了枕头边的手机，吃力地按着键盘，废了半天劲才找到爸爸的电话。

“小燕，这小应过完年就要开学了，你不给他准备一点钱？”

“我晓得嘛，等他走的时候再给他打过去。”

“你不来看看他？”

“等他上车的时候我去送他，我这边去车站也方便。”

“你一定要打钱给他，那这个事情就落实了。”

我买药回来了，奶奶吃完药后，把我叫到床边。

“我打过电话给你爸了，他说等你到学校就打钱给你。”

“奶奶，每次他都这么说，等我到了学校也没打给我。”

“我就知道，就是这个脾气，这是等不得的事情，没有钱也不会给我们说，‘妈，我没发工资，等几号发了再打过去，你们先帮忙垫到。’一辈子说不到几句顺意的话。”奶奶继续说：“可能你走的时候你叔叔们会给你点的，到时候再想办法，等你到了学校，我再催催你爸。”

“其实，你爸是关心你的，可惜他就是那个脾气，你走的时候顺便去他那里看看，他说他要送你上车。”

“奶奶，我不去了，他和那个女人在一起，我去也不方便。我去过一次，一间屋子，倒也收拾干净，太挤了，我在那睡了一晚上，觉得很不自然。”

“那个女的来看过我，其实你爸和你妈是不可能的了，他也该找的。那个女的也会喝酒，两个人在家里装了好几个酒坛子，不过你爸改了很多，不怎么喝了。”

“有次你爸大概是喝醉了，打电话给我，他对我说：‘妈，一定要吃好睡好，我就是去捡破烂我都会赡养你的。’他只要有这个心就好了，我也不指望他拿钱给我，他只要把你抚养出头我就谢天谢地了。”

“奶奶，其实我知道我爸的心的，他就是那张嘴，每次小虎打电话给我说：‘哥，爸说话太难听，我不想和他说话。’我回答说，‘好，我来讲。’然后我爸也会打电话对我说：‘应儿，还是你读的书多，说话受听，你跟你弟说，他不接我的电话。’每次我都两边开导。”

奶奶吃完药后，就躺下睡了。但是这药效似乎并不大，她的脸部都肿起来了。

叔叔看到奶奶的牙齿疼了好几天也不见好转，便打算请他的一个朋友来治一治，那人用的是土方法。

那个人带了一点草药，准备一个易拉罐，用一根十五厘米长的细竹管穿进去，然后把烧红的瓦片放到碗里，滴上菜油，放上草药，用易拉罐倒盖着，让烟顺着细竹管通出去，老人用嘴含着细竹管。那人告诉她："老人家，哪里疼你就熏哪里。"奶奶照着做了，过了约摸一分钟后，竟然有虫子顺着管子爬到易拉罐里，被烟熏黑了。

奶奶的牙齿果真不疼了，但那烟熏得太厉害，她的嘴里长了很多大水泡，一边肿了起来，像是在嘴里含着两个核桃，吃饭更加不方便，只要轻轻碰到就疼，奶奶挨了好几天，吃了很多药，才逐渐消下去。

我还有两天回学校，奶奶越加担心我回去的费用，叔叔给我的电视机的钱我也花了很多，毕竟放假回来不是初中同学聚会便是高中同学聚会，有时在街上遇到三五好友，总是要花上一笔的钱。奶奶便又打电话给爸爸，她牙疼的那阵子，打过好几次电话给他，不是问他要钱治病，而是想知道他在外面过得好不好，但爸爸喝酒之后，向奶奶说了一些难听的话，奶奶从未和他计较过。

"儿啊，这小应要去读书了，你不打钱给他。"

"他自己也不打电话给我。"爸爸说道。

"他的脾气你又不是不知道，即便是父子他也不好意思向你开口。你准备打多少钱给他呢？"

"我至少要打两千嘛！我明天就打到他的卡上。"

挂了电话后，奶奶对我说："无论他喝酒乱说什么，他始终都是我的儿子，你不要跟他计较。还有，他说要打两千给你，他的脾气我晓得的，他只要能给你打一千就算好的了。"

我知道父亲的脾气和他的难处，一句话也没说。

婶娘下班后，奶奶告诉她我后天就要回去了。

"你怎么不早点跟我们说呢？连我你都不说啊？"

"每年都是过了十五我就回去的，说不说都是一样的，也不想给你们添麻烦。"

她犹豫了一会儿，然后从袜子里拿出三百块钱给我。"你不要嫌少啊！我这个月的工资还没有发，他们马上就要开学了。"

"不用拿了，你们也没有多少钱，不用拿了。"

她硬把钱塞到我的上衣兜里。"好好读书，一个人在外面吃好一点，注意身体。"

"你去的路上要花多少钱？"奶奶问我。

"从这里坐大巴，然后坐火车、高铁，最后坐地铁。大概……大概要四五百块钱。"

"加上路上吃的，恐怕一趟要花五六百，那你每次回来回去要花一千左右。"她呆呆地坐着，像是在心里计算着什么。

第二天，我洗完衣服，开始收拾东西。叔叔和婶娘都去上班了，房间内只剩下奶奶、我和堂妹三人，坐在火边看电视。

奶奶似乎坐不住了，起身，开门，然后又走过来，对我说："应儿，走，我们两个出去，你帮我拿点东西。"我大概猜到奶奶要做什么。

“我不去。”

然后我走进屋内玩手机去了，她跟着缓缓走进屋内，靠近我的床前，从怀里拿出攥紧的帕子，摊开，是一卷钱，她强塞给我。

“这是两千五，这两个月他们一次给我一点，一家拿三百两百的，从你到家的那天，我存到了现在。”

我坚决不要。

“奶奶，这该不会是你包牙齿的钱吧？”

“不是，反正要等四十天后才能包，到时候再想办法。”

“那我只要两千，你留着五百买药。”

“你就拿着。”她又拿出一块帕子，里面裹了一张一百，几张一块，“你看，药钱我自己留着呢。牙齿疼的那十多天，我一直担心这钱要被扯散。”

送别

毕业以后，在家待了一个半月，本来早就可以去西藏的，当初我还以为只能在家待上十天左右，没想到如此之久，那段期间等通知等得很焦虑，连奶奶也开始烦我。毕竟人只要已成年，如果常常待在家里不出去工作挣钱，在家人看来简直就是一种罪恶。

“通知下来了吗？”

“还没有，应该快了吧！”

“会不会是骗人的？”

“怎么可能，奶奶，要骗也不可能骗这么多人啊！”

“说的也是。只是人家和你一起毕业的，都拿了一个月的工资了。”

我不知道该说什么话。

想了半天，我才说了一句，“这个程序很复杂，要慢慢审核。”

家人就是这样，你在外学习工作的时候，只要漂泊超过一个月，就要打电话开始问你什么时候回家，他们总是日盼夜盼，常常给你打电话。等你回到家后，只要待上半个月，他们又会开始烦你，怎么还不出门挣钱呢？巴不得你早日出去工作。

“我在电视里看西藏台，那边的女孩子长得白白净净的，和我们这边的长得不一样。”

“是吧。”

“我听说，西藏很穷，可能和我们这边差不多，你去了那边，一定要为老百姓多做事。不要走他们的老路，还有，不要抽烟喝酒。”

“奶奶，我肯定不抽烟，酒我也不喝，只是恐怕免不了不必要的应酬。”

“你不喝人家总不会逼着你喝吧？”

“有时候身不由己。”

通知终于下来了，还有两天出发，我开始收拾东西。

“拿去，把这个带上。”奶奶递给我一个用塑料袋包着的东西。

“这是什么？”

“这是我们这边的土，我在楼下土里挑的，包好了，你带上，怕去那边水土不服。等你到了，把这个东西放在装水的地方，这样就不会水土不服了。”

“这个……这个是迷信。”

“迷什么，管用。”

我打开行李箱，把泥土放进去，开始收拾穿着。

“厚的羽绒服带上，厚袜子我买了几双，你也带上，还有，等会我上街去给你买点肉和辣子做点辣椒酱带过去。”

生怕我不适应西藏的生活，她尽可能地往我的行李箱塞东西。

“奶奶，我去的地方是在西藏和四川的交界处，口味和我们贵州差不多。”

“我知道，但是距离家里也很远的。一定要把你的那些学位证、毕业证带好。身上不要揣太多的钱，够用就行了。”

晚上，大伯知道我要去西藏了，特意在他家的饭馆里做好了一桌子饭，算是给我践行。

出发的那天，我起得很早，行动不便的奶奶，硬是要起来送我。

“东西都收好了吗？”

“收好了。”

“锅里有饭，我昨晚就做好了，早上你可以多睡一会儿。你热一热就可以吃了。”

我走出去热饭，实在是不想看到她落寞的眼神。

“儿啊，你这回去不知道什么时候才能回来，你放心，奶奶一定保重身体，等你。”

我强忍着泪水。

“奶奶，第一年是实习期，没有假期的。”

“过年呢？”

“恐怕也来不了，来回坐车就要五六天。”

“那等你回来我都七十七岁了。”

我端着碗，尽可能把头转过去，不让她看着我在抽泣。

我吃完饭后，拖着行李箱下楼，奶奶督促我再检查一遍东西都带齐了没有。

我下楼，吃力地提着行李箱往前走，奶奶站在二楼看着我消失。

到了路边，我准备打车去火车站，她扶着墙缓缓出来了。

“我送送你，这一走不知道多久才能见到你。”

恰好婶娘在家，她骑车送我去车站。

我坐上了车，天冷，让奶奶赶紧回去。

婶娘拉着我往前走，我转过头回去看，奶奶的步伐突然快了起来，腿脚不便的她都要跑了起来，直到我们在转弯处消失，我还看见奶奶不断向我挥手。

婶娘送我到了车站，火车还有半个小时才来，我们聊了一会。

我说：“你快回去吧。”

“记得买水带上车，记得吃饭。我的工资还没发，我这只有两百块钱，你别嫌少，等我发了以后，我转给你。”

她嘱咐了我一些重要的事情，骑着车走了，我拖着行李进了大厅。

我清楚地看到，她把车骑到了路边，一直站在那儿朝大厅的方向看，直到我上了车。

暂借一生

我的小学前三年，是在村里的一间小学完成的。学校只有两层，我们的教室在二楼的某一间，学校前面是一块不大的泥土操场，后面是距学校不远的人家的一块庄稼地，一直延伸到墙角，沿着墙壁搁置着一堆堆的石头。

这间小学，和我有着独特的情分，因为在一次意外中，我的生命就是在那里借来的，不过，具体的日期我已经忘却了，故事的内容，我也只是隐约地记得，现在捡些我记得的情节，勉强拼成一段回忆。

我大概是在上三年级吧，某一天，上完下午的最后一节课，老师组织大家打扫卫生。老师分配好任务之后，不记得他是否走了。

整个教室瞬间活泛起来了，我和几位同学负责擦窗户。窗户挺高，有两扇玻璃可以打开，我当时个子小，需要站在窗台上才够得着窗户上面的玻璃，后面的庄稼地距离我们站的地方有十米左右高。我们小心翼翼地擦着，不敢低头往下面看。

一位从楼下打水的同学端着一盆水上来，几位同学把抹布扔给他洗干净，他洗完拧干之后再扔给他们。轮到我，他洗完扔给我的时候，好像故意装出要扔的姿势，但是没有扔出去，我伸出双手去接，双脚没有站稳。突然，我顺着粗糙的水泥墙壁掉下去了，两只手找不到抓的地方。生命在那一刻静止了一般，我没有任何知觉。听我奶奶讲，当时我已经昏过去了，下唇由于顺着墙壁摩擦，已经撕裂开了，躺在了血泊之中。我堂姐当时在隔壁班上课，是她匆匆地跑回家去告诉他们的。

我的爸妈当时在外地打工，我跟奶奶住在一起。我的婶娘听完堂姐急促的叙述之后，马上放下了手边的一切事情，还没来得及穿上另外一只鞋，光着脚跑到学校，奶奶跟在后面，走得比婶娘慢。

当时，学校周围的很多大人和同学们肯定站在那块庄稼地里。他们恐怕在讨论着，“这么老火，怕要直接送到县医院去。”“这娃儿的命大，落下来没有砸在石头上。”

婶娘慌乱地把我放在背上，当时我有些知觉了，嘴里的血一丝丝地顺着她灰色的衣服后背流下来，她的后背，已经被汗液和血液染湿透了。她背着我，跑得很快，一边哭，嘴里一边念着:“应儿，没得事的！没得事的！”

婶娘背我到了高速路边，奶奶也到了，她叫奶奶抱着我，然后去打电话，叫城里的大伯家开车下来送我到县医院去。

大伯他们开车把我带去县医院，后面的事情我已经记不清了。我全身打了麻药，医生给我做了手术，我的下唇内缝了很多针，到现在已经看不见伤口的痕迹了。

奶奶一直认为我从那么高的地方摔下来，脑子一定会受到影响，恐怕以后连书都读不了。我出院的那天，她背着我，走出县医院的大门，然后指着医院门上那几个大字问我：“应儿，你看那几个字你认得不？”我趴在她宽厚的背上，大声地慢慢地念了出来，“大方县——人民——医院。”她听完，然后笑了。

后来，奶奶跟我说，那次意外上天都不想带走我的命，因为我掉下来的那扇窗户下面，恰好正对着一堆石头，而我恰恰被风吹到了两堆石头的中间，捡了一命。

我常把一些经历和疼痛埋葬在我的心里，很深很深，不让别人触摸，因为只要把它们拿出来晾晒，生命的火光，仿佛就会暗下去。生命就像一场旅行，所有的过程都是为了目的地而存在。难道路旁灿烂了多年的美景，就是为了人们在乎的“职称”“学位”“官阶”“资产”而盛开吗？

不知从什么时候起，我竟然开始珍惜起生命来，以前只要遇到大的挫折，便在心里盘算着不如趁早些结束生命，免得受这无良世界的折磨，那个时候的想法是幼稚且不负责任的，不怕死却又怕痛，便祈求着如果有一种没有感觉的死法就太好了。现在害怕生命被突然地夺去，很少有以前那样的想法了，即使是有，也不敢再多想下去。

我们来到这个世界之前，这个世界已经精彩又复杂地存在了无数年。像一个毕业的大学生刚到一家公司上班一样，初来乍到，而且以后还要站稳脚跟，已是万幸。这个过程中偶尔会有一些突如其来的意外，如果没有健康的体魄和坚强的意志，生命就特别容易脆折。

流浪的日子

心若没有安定的地方，在哪都是流浪。我不记得自己多少次从梦中惊醒，梦见了自己有一间卧室。反正从小到大，我家住过的房子一直都不大，顶多两间。从我出生到离开家之前，我一直都是住在爸爸分家后的旧平房里，那是我最喜欢的地方。左边是四伯家，中间是叔叔家，右边是我家，一家两间房子，三十多平方米。

小时候，叔叔家是全村最热闹的去处，因为他家最先买了电视机，村子里的孩子大人，甚至是老人们，挤在一间十六平方米的屋子里，热闹极了。

后来，伯伯家叫我们去城市里发展，我家和四伯家搬进城去。我们住在瓦房里，对面就是收费站。当年，我们把那几间瓦房都住惯了，当时并不期待爸爸能够早些修平房，只是让我们捡拾一个纯粹的干净的童年。瓦房那块地，是伯伯家的，伯伯跟他说："我们这阵子缺钱，七八千卖给你得了。"我爸却说："她家那么大的家财，还缺这点钱？"爸爸最后没有买地，现在那块地，早就修了平房，只可惜不是我家的，据说，那块地现在可以卖十多万。

爸爸这个人，用奶奶的话来讲，他是个相当有生意头脑的人，但就是不会打算，前十年身上随时揣有几千块钱，要是听我的，现在不至于落魄至此。

在瓦房的岁月，单纯而又透彻。妈妈在瓦房的后面那块地围了一个猪圈，她每天的工作，便是去附近饭店和酒楼挑泔水回来喂猪，那时候我的个子比她低一头，有时是我和她抬，我站在前面，她站在后面，把装有泔水的桶往她的那头挪动，那些油渍跳到她的裤子上。这段时间的生活，我没有太多的印象，我记得奶奶看见那些泔水时，她说："那些肉看着都没有吃过，捡来洗洗应该还能吃的。"

冬天的季节，我们必须讲究卫生，否则无疑是在给妈妈增加负担。我们的衣服，全是她手洗的，冰天雪地的，她一个人在外面的大盆里搓洗，洗几分钟，进来烤火，然后又出去。

妈妈是善良的，在黑灯瞎火的城市中，我总能看见她的光亮，如今我企盼得如饥似渴，望穿秋水。瓦房里的故事，大半我早已忘却，我不喜欢虚构。那几间瓦房，从来不给我们提供任何痛苦或者快乐，只是提供情景和回忆，后者比前者雄辩得多。

大约三年后，我家搬到了另一处地方，我不记得当初的离开，是因为什么。在加油站的对面，我家租了一间房，而且在加油站的路边，搭起了一间卖东西的帐篷，那条路，从头到尾都是帐篷。那些客车来加油的时候，旅客们常会下来上厕所，然后就会来帐篷这边买东西。要是有堵车，帐篷里就热闹起来了。

每家的大人和小孩，全部出动，提着装有小吃、饮料、饼干的竹篮子去售卖，有时也会煮鸡蛋或者玉米去，热腾腾的，那些客人打开窗口，把钱递下来，我们举着篮子或者锅，让他们挑选。我记得最得意的事情是有的旅客没有零钱，往篮子里面丢下一百或者五十块，我们把东西给他之后，不退零钱，然后一溜烟儿跑了。

妈妈每天早上把水果洗干净，一层一层地摞起来，往筛子里放一杆八两称，挑着就去售卖了。八两称的意思便是一斤的东西只有八两，但是卖水果时会说，“你尽管拿去别家试，要是不足称我倒赔你十倍钱。”那些顾客很少去试的，即使去了，也试不出所以然来，因为每家都是八两称。

在帐篷住了一年多以后，大伯叫我家去她家的房子开酒楼。搬进大伯家之后，我们的生活水平提高了很多。她家的房子很大，三层，却没有一间是自己的卧室。一楼是大厅，二楼是大伯家住，三楼是客房，我和弟弟睡在一楼楼梯下拐角的房子里，我们喜欢偷偷去三楼的客房睡觉。

有客人来的时候，我们便出去引客人进来，然后给他们倒茶，客人走的时候，我们还得出去盯着他们倒车。要是没课的时候，每天早上的任务是妈妈带着我们打扫卫生，从三楼到一楼。寄人篱下，总少不了冷嘲热讽，即便是亲戚，也不例外。

后来，父亲做起了别的生意，我们又搬到了别的地方，但始终都没有搬回老家的旧平房去。尤其是这几年，一直在漂泊。我们常常想象着远处的高山流水，小镇马蹄，其实生活的本质便是流浪。世上的街道，无非卖艺卖物，房屋无非遮风挡雨，司空见惯。流浪者必须要有开阔的心境，把这些东西物化成人格长廊。远行的身影，注定要和平庸喧闹一起栖宿。

他的城

总有一些时光，黑夜与白天并不分明，我一直奔跑，一直忙碌，身体的一部分与另一部分总是争吵，可无论如何，还是没有踏过命定的起点，城市的喧嚣，渐渐地消磨我青年的渴盼，难得挤出一点时间，选择一个安静的地方，停下来，想一想这二十二年来自己是怎样走过的。

从外表看来，我似乎是整个家族里面长得最不好看的一个，我的生命到现在还是平淡无奇，极为寻常，也极无兴趣。生下来就是男儿，这倒是一件重要的事，我的长相也是颇为寻常，虽为男儿却少不了几分灵秀之气，两种状态截然相反的矛盾重叠，反而让我觉得生命不容易脆折，这也就常成为我和别人谈话时的谈资，不过既然能够让别人开怀大笑，我又何乐而不为。直到有一次我听到有人评论我，说是爷儿们气质太普遍，灵秀显得比较独特，我才觉得原来我身上的灵秀之气也有一些感染力。

在造成今日的各种感染力中，最主要的还是要以童年和家庭所身受者为最大，我对于人生、文学、自然、农民的观念，皆是在此刻领受到最深的意义。然后，等有一天，我有足够脚力和足够经济支撑的时候，我会把我的这些观念全部糅合到我的旅行之中。童年的时光只管去闯去闹，等到了一定的年纪才会想到用文字把那些故事记录下来，然后会在更老的年龄阶段拿出来怀念。总而言之，一个人一生出发的时候所需要的，除了要有健康的身体和灵敏的感觉之外，还要有一个快乐的童年。

童年，我对于荏苒的光阴常起一种流连眷恋的感觉，一心想念着有些特殊甜美的时光。虽然时间犹如洪水猛兽，忽然就会把你某一段记忆给冲刷掉，然后让你的回忆断断续续地拼凑出一段时光，很多时候看见现实生活中的种种景象，又能莫名地引起自己的怀想，心里头总会闪现一种念想，我是不是在哪里见过？一个快乐的童年时期，充满家庭的爱情、家族的疼爱和怡人的自然环境便够了，在这种条件下生长的人，很少有人会走错的。

我的童年生活分为两段，一段是十岁之前在老家度过的，另一段则是在搬了家以后，虽说不同，却都在同一个环境下，摆脱不了从小便向往着另外一种比较接近城里人生活状态的命运。

我生活的地方有山有水，有农家生活，我更是农民的子孙，这一点我常会感到自豪，我向来不会因为自己的身份而感到自卑，因为我只是一个平凡的人，别人忽略我，也不必伤心，每个人都有自己的生活，谁都不可能一直陪你。生活在农村，这使得我和自然有更加亲密的接触，以至于我的心思和嗜好都变得简朴，一餐饭，一支笔，一张纸就足够了。迄今为止，虽不曾真正踏进社会，也还不至于沦为各种政治的，文艺的，学术的和其他种种骗子。无论我身在何方，我从前所见过的青山绿水和儿时调皮捣蛋下河摸鱼，爬上石榴树上偷别人家的果子，种种景象仍然深藏在我的脑海中，把他们拆开来看，竟然能够和我当初向往的现代城市的文明一一对上。

五岁之前的记忆，大概也就只是停留在一张照片上面，只可惜现在翻遍了很多地方都找不到了。我还记得当时拍照的人有奶奶，两个弟弟，我，还有姑姑。我和两个弟弟站在他们的前面，手里捏着三枝枇杷叶，额头中间都点了一颗红的圆的朱砂，奶奶和姑姑的微笑自然得体，我们三兄弟的穿着都是白色的衬衣，米白色的背带小马裤，洗出来的照片我们几个都是东张西望。时间约莫是夏天，站在老家的平房上面，后面的樱桃树满是绿叶，当时的拍照技术拍出来的颜色不是很分明。五岁以前的所有记忆，全部都停留在这张照片上面。回忆有时候真是可笑，所有失去的东西都会换成另外一种方式归来，努力去想的一些记忆总是想不起来，奇怪的是，这些记忆又会在特定的时间自己跳出来。

另外一张照片，是我们大家都搬进城之前照的，那时候的堂弟还没有因为吸毒入狱，那时候的姐姐还没有嫁人，弟弟还没有辍学打工供我生活费，妹妹还在打工的父母身边，也不至于现在使得一家人为了她而感到心力交瘁，几个叔伯之间还没有因为金钱关系而闹过很多的不愉快。

堂弟站在我的左边，他从小就长得帅气，也比我高，弟弟站在右边，一脸稚气未脱，穿着一身绿色的背带裤，最小的一个堂弟还穿着开裆裤，刚学会走路，站在最前面。婶娘就站在我们的后面，脸上还没有容颜的迟暮和岁月的沧桑，左手插在腰间，取景的地点就在老屋的门口的白杨树下面，也是夏天。十岁的分水岭，亲情不和的分水岭，全部都在这张照片里。很遗憾，这个大家庭从来没有照过一张全家福，就连每一个小家庭完整的合影都没有。活到现在，能够想起和奶奶一起同镜头出现的也就是那张找不到的五岁左右的照片。

老人的记忆力也是好，一些我们想不起的陈年旧事，他们竟然能够记得一清二楚，还能说出是具体的哪一天，都有什么人，发生了什么事。比如说小时候我们喜欢穿什么衣服，和谁打过架，谁的生日是哪一天他们都铭刻在心，而年轻人就没有这种本能，记起的总被遗忘，遗忘的总被记起。

现在的生活终究还是过得好一些，却挺怀念小时候只要得到一块钱的零用钱就会惊呼，然后买着一毛钱的土豆片在别人的面前炫耀，那种快乐，现在是找不到的。一个小孩子需要家庭的亲情，从小我就深得爷爷奶奶，叔伯婶娘的疼爱。

堂弟是四伯家的儿子，比我年少两个月，奶奶经常在我们的面前提起，我们四五岁的时候，我爸爸和四伯他们中午干农活回家的时候，大家坐在一起无聊，就吆喝着大家挑逗我和堂弟打架，因为不懂事，谁出手重一些都会把另一方打得嚎啕大哭，遍地打滚，这个时候爷爷听到哭声，就会拿着烟斗出来指教他的几个儿子。奶奶又说从小我们几个都是他的心头肉，别人碰不得。爷爷最疼的就是弟弟，有一个画面一直刻在我的记忆中，就是关于年少辍学的弟弟。弟弟才两三岁的时候，有一回从自家的平房上面掉下来，摔折了腿，爸妈都在外地打工，奶奶心急如焚，背着弟弟四处求医，苦寻无果，以为弟弟这条腿怕是废了。那一年正是樱桃又红了的时候，平房门口的樱桃树把几十年的风雨酿成了甜蜜，一到夏天，樱桃树就伸展开来直接延伸到房檐下面，高个子的人站着张开嘴就能吃到樱桃。

爷爷奶奶中午从土地里回来的时候，喜欢搬一张有靠背的木凳子坐在树荫下面，然后叫我和堂弟爬上树去摘樱桃，我们在树枝之间来回晃动，总会掉落一些樱桃下来，弟弟爬不了树，坐在门槛上，看见掉落的樱桃，便一步一步爬过去捡那些掉下来的樱桃兜在褂子里面，然后又一步一步爬向奶奶的面前，奶奶顿时就哭了，直接起身跑过去把弟弟抱在怀里，我们看见了，也是趴在树枝上哭。直到今天，那个画面一直闪现我的记忆里，弟弟一只腿动不了，直接弯着，呈九十度，另外一只努力扎紧水泥地，一只手兜着褂子里的樱桃，一只手企图用力前进，我趴在树上，看得一清二楚。后来有一位路过的医生来到村里看病，后来五块钱卖了一包草药给奶奶，之后弟弟的腿便好了。

爷爷说恐怕是平房的风水不好，别家的小孩和几个孙儿都从上面摔下来过。我们倒是没有这么觉得，小时候干过最唐突的事情莫过于夏天躺在平房上面过夜，奶奶是第一个反对的人，说夜里水泥板上特别凉，上去以后会得风湿病，很严重的。奶奶拗不过我们，允许我们上去，不过要是觉得冷就立马下来，还得拿被褥上去。这个时候，平房就变成我们的天下，三个楼板的面积大小，任由我们打闹跑动，叫上之前约好的几个邻家小伙伴，放学回来早早地吃完晚饭，做完作业之后就爬到楼上，铺好床以后大家一起躺在上面。其时沉沉夜色，远景晦冥，隐若可辨，宛如一幅绝美绝妙的图画。对面山腰的人，树林里遮蔽的灯光，掩映可见，而喧闹人声亦一一可闻。

远处的吵鸟叫声乘风送至，令人神宁意恬。我们此刻，正在津津有味地讲学校里面的故事。聊的内容大多都是喜欢班上的哪个女生，抄过谁的作业,哪个老师比较讨厌之类的话题,或者就是光享受着月色,安静不说话。

童年最快乐的事情就是过家家了，我当爸爸，你当妈妈，布娃娃是我们的儿子，那些对话依然记忆犹新。敢在平房上睡觉，我们自然就敢在后山里搭建房子，奶奶又会反驳，山里的蛇虫鼠蚁这么多，晚上爬在你们的身上不怕吗？我们哪懂得害怕，在哀求之下奶奶就同意了。于是，几个小伙伴准备镰刀，菜刀，砍一些长的枝条用来作为支柱，树叶子就铺在地上，小窝算是完成了，接下来就是装饰里面，野花，电筒，树叶，毛巾被，能够找得到的都全部用来装饰。

每天放学之后直接从平房旁边绕过大人的监视爬上来，在里面做作业，讲故事，办过家家等等。能存在的时间也不是太长，一是树叶容易枯萎，二是爷爷总是喜欢来捣毁。夏天露水多，夜里凉，爷爷奶奶在我们熟睡的时候悄悄地把我们抱回床上，第二天起来还以为自己梦游，以为又是电视剧里面的某个英雄附体，然后又得意地跑去给奶奶说。奶奶什么都不说，只是一个劲儿地笑。爷爷和奶奶那个时候的笑，是最多的，最自然的。无论我们瞒着她出去游泳，还是去同学家玩得很晚回来，抑或是偷别人家的土豆玉米烧来吃，偷三奶家水果被抓回来，爷爷奶奶都是包容和教育，从来不会动手打过我们，他们的爱，虽像溺爱，却包含了几十年的苦和情。

后来儿女们都搬走以后，爷爷奶奶更是过上了颠沛流离的生活，这家住几天，那家过几月，即使是亲生儿女，也总不能住一辈子，赖在人家不走。无法，还是搬回自己的住处，因为哪家吵起架来，奶奶总是归咎于自己，哪个孙儿不高兴了，以为又是给自己下了逐客令。奶奶的笑容，也从那时起变得极少极不自然，我也很努力地强迫自己，去回忆起奶奶的笑容，而我们的童年生活，也在搬家的那次风波中画上了句号。

特殊的年夜

还有两天就是大年夜。冬天漫长的黑夜里，凌晨那段时间大概最舒服。

昨晚睡得比较早，十一点就入睡了。在学校，有时候深夜两点左右怎么也睡不着，便打开手机或者下床打开电脑做些文学的事情，这便是我的生活规律。在家，奶奶不允许我这样做，十一点之前，就得爬上床。其实爬上床以后我是不肯立即入睡的，总是喜欢蒙上被子躲在里面看书，我的床隔奶奶的床不过一两步，手机的光即使微弱，在漆黑的夜里面也显得特别明亮，奶奶知道，但从不说我。

到了半夜醒来一看，天还没亮，正准备睡去，我听见有关门的声音，轻微缓慢的脚步声穿过前屋，拉过门帘的时候，一个披着外衣的微胖的黑影踱步靠近我们的床，顺便脱下她臃肿的黑色棉衣，盖在我们的被子上面。弟弟和我睡在一头，还没醒。

空气的流动有一些特别。我打开手机一看，五点了。这时灯亮了，奶奶靠在床头上，被子盖到胸前，她跟我说，等会你四伯他们就要来了，早点起，等会他们来叫你。

是的，昨晚接到四妈的电话，一个中年女人的声音一上来就问我："应儿，你什么时候到家的？”我冷冷地回答：“前几天。”“怎么也不来老家来看看我们呢。”我是不想下去的，“过几天下去。”我说。我的声音很小，以为她没有听到。“我们明天打算去清镇看看小涛，大过年的，他一个人很孤独，我好不容易央求你四伯去看他，他还从来没有去看过小涛，在这边的时候，我每次去戒毒所，他都希望他爸去看他一次，这次他好不容易答应包车去看他，你知道的，你四伯这个人嘴上说了但是又不做。你去吗？”

后面的三个字已经是遗憾了。上个暑假小涛还关在这边戒毒所的时候，和我们住的地方相隔不远，走路半个小时就到了，我想隔得近，什么时候去都方便。几次四妈叫我一起去看他都因为临时有事推掉了，后来有了时间和她们一起去的时候，被戒毒所的工作人员告知小涛昨天已经被送到清镇了，至于什么时候能探访戒毒所会通知孩子的家长的。四妈当时听到这个消息时立即就蹲下了，捂着肚子，先是什么也没有听到，只看见脸上的表情顿时变得可怕起来，随即，周围的人听到了呜咽的声音，很大，边说边哭，却什么都听不清。

回来的时候，四妈开始打电话问朋友，问他们知不知道清镇有一个戒毒所，认不认识戒毒所里面的人。最后不知道她是从哪里打听来的消息，确认小涛被送到了清镇的某个戒毒所，每周周二和周四家属能探监。被送走是因为在这边他和人家在戒毒所里面人打架，倒粪便的时候，两个人怕脏，谁也不肯干，就打起来了，戒毒所担心他们还会打架，就把其中一个调走。

“去，当然去，明天什么时候走？”我没有经过思考就答应了。“明天早上五点我们从老家出发，接完人以后六点在北门一起出发。”

爬起来，把自个儿洗漱干净了，吃了一碗昨夜热的饭。我坐在前屋的沙发上，等着那边打来电话。电话突然响起，“小应，我们都要出发了，你起了吗？”“起了。”“那一会到了北门我们打电话给你。”

前屋床上睡的是叔叔和婶娘，堂妹睡在他们的脚边，除了堂妹依旧熟睡以外，所有人都醒了。叔叔也靠在床头上，点了一支烟：“要不你也和他们一起去看小涛？”“人家只记得人家的那些亲戚，哪里想得起我们这些叔叔婶娘。”婶娘坐在床沿边，正在穿衣服。“要是你去不了，那就拿两百块钱给小应，叫他带过去。”叔叔继续抽烟。这时，电话响了起来。四妈问我：“你问问幺叔他们去不去？之前我们只包了一个车，怕不够坐，现在小涛的表哥另外开了一个车，还能坐两个人”。婶娘接过电话，她们寒暄了一堆妯娌之间的话。最后决定，我和叔叔、婶娘一同前去。

从北门出发的时候，天还没亮，跟我同坐的有小涛的亲姐姐，还有她的两个女儿，小女儿出生还没见过舅舅，一起带过去给他看看。开了两个小时，天就逐渐亮了。我们去之前并不知道路的，在进贵阳的时候两辆车分开走，我们走山路，他们走高速路。半路上厕所的时候，孩子总是哭，两个孩子都还小，由姐姐和四妈轮流照顾，后来把我换了过去。在山里转了一个小时，他们都到了，我们还在转。

我是不会晕车的，从天津坐回来几千公里都没有呕吐，但是，这回，四伯把车停在路边，我把早上吃的吐了一个精光。吐完以后我就迷迷糊糊睡了，大概走了半小时，我们的车已经停在戒毒所的门前。

到的时候，快到中午了，四妈拿着户口本去门卫那里登记，门卫说一次只能进三个人，过一会儿才能进人。我和四妈，婶娘先进去，走了十分钟左右就到了接待室，里面挤满了人，家属和吸毒的人只能隔着玻璃互相通话，年长的母亲哭着骂孩子，年轻的妻子也哭着说不好好改造立马就改嫁，玩得好的哥们靠着送话器在鼓励里面的兄弟。我扫视了周围的人，并没有发现小涛。四妈拿着户口本去窗口那里登记，等了三两分钟，后门就开了，小涛在两个工作人员的看护下走了进来。

他穿的明显是戒毒所里面统一发的服装，瘦了一点，和原来没有什么两样，唯一不同的地方就是，头上留有头发，别的人都是光头，看着我们，他立即就笑了。走过来坐在玻璃窗前面，拿起电话，先过去的是四妈，他们没聊一会，四妈就哭了起来，起身就去了洗手间。婶娘接过电话，开始嘱咐和祝福，毕竟是一个节日。这个时候，四伯他们进来了，坐在后面家属坐的椅子上面。

婶娘说完以后，就从兜里掏了两百去了窗口。我接过电话，还没靠到耳边，就听到：“小应，你长高了”。我看他大拇指上面的指甲是白色的，以为是吸毒发作的原因，“这是里面为了保护我们在做电子产品的时候不伤到指甲，给我们套上的假指甲。”他解释说。我问他为什么别人都是光头，偏偏你就有头发，他说那是因为我和狱警的关系比较好，特意留了这个发型。

我们说了一阵，四伯就把电话抢过去，小涛还没有说话，眼角明显就开始湿润，四伯不像四妈婶娘他们一样，一接电话就哭了起来，我的印象里，四伯从来不哭的，我就没有看他哭过。他一开口，就是冷冷的一句：“过得好不，为什么要沾上这些东西？”小涛最怕他的父亲，他只是说他爸爸小的时候不管他才导致他误入歧途。谈了谈最近家里的情况和嘱咐完以后，四伯把电话递给姐姐，说他想上厕所，撂下电话，就快速跑去厕所了。

姐姐正在聊天的时候，工作人员通知下班，旁边的所有人草草地结束通话，内容多是一些劝诫和嘱咐以及一些无奈的祝福。小涛被那两个看护人员送走了。他们在窗口交完钱以后，我们就去吃午饭。

回来在车里的时候，四妈突然跟我说，“今年过年你叫上弟弟他们一起回去跟我们一起过年吧。我和你四伯两个人在家做点什么都吃不完，他出差的时候家里就只有我一个人，小涛又不在，姐姐刚嫁人按理说不能回娘家的，要是小涛在的话就好了。”看到一瞬间觉得老了十岁的中年母亲，我没有拒绝。

我问四妈小涛什么时候能出来，四妈说：“明年，他就能和我们一起过年了。”

我的山河

一

如果有人让我说出任何时刻可以令我立即回头的三个词，那分别是：家人，故乡，文学。如果非要我对它们的重要性进行排序，那排在第一的一定是——故乡。

当一个外出谋生的人被外地人问及来自哪一个省市，而你脱口说出的地名他竟然不知道的时候，是最尴尬的，更不用说精确到具体的某一个乡镇了。外出贵州人的遭遇当然也不例外，令人瞠目结舌的是：在你自豪地向外地人说出“我家是贵州嘞”以后，他们往往会沉思片刻，然后眼睛开始向上打转，接着收紧眼角的赘肉，微微瘪起嘴问你，“贵州在哪？是属于云南还是四川？”或者是想都没想，也很自豪地回答你：“哦！我知道，贵州属于贵阳。”每次想起这种场景都会觉得可笑。

其实，仔细想想，外地人这样回答也是有原因的。

在他们心里，贵州一定是一个很穷的地方，到处都是高山丛林，而且去那里会有严重的高原反应，他们甚至会犯嘀咕：“贵州有电嘛？贵州人是不是只会用火？”贵州人一直是一个非常特殊的群落，这几十年以来始终都摆脱不了一些已经在外地人心目中根深蒂固的观念，即使贵州的今天时刻都在变化。

每个地方的人在长期对古现代的城乡生活方式和比较接近原始的自然的探索、打磨和融合下，他们自觉和不自觉地有了许多心照不宣的生活秩序和内心规范，形成了一套地方心理的文化方式。这种文化方式，每个地方都有，每个地方的又都不一样。说得大气一点，便可叫作某某地方文化。

本地人对外来人士天生有种自动识别的能力，他们能够通过自我感觉辨认出来大概是属于哪一个地方的人。本地人该有的精神风貌和经过地域性和时间性磨合出的“独特长相”他们全部了然于心。

一个外地人来到贵州，不管是在公交车上，在购物商店里，还是在拖着行李箱在街道间来回走动，一眼望去，很快就会被辨认出来，主要不是由于着装和语言，而是贵州人的体征已经在他们的潜意识中形成的一种独特的辨认方式。同样，一个贵州人到外地去，往往也显得十分醒目，很容易就会被外地人区别出来，即使他们一开口并不一定讲本地话。

二

这几年，搞煤矿的人富起来了，承包工地的建筑工人发家致富了，靠土地赔款一夜致富的暴发户也多了起来，上流社会的人享受着生活，住着别墅，开着豪车，下层社会的人们依旧继续劳碌，为了生活继续奔波。

他们尝过了生活的苦甜，遭受过别人的喝彩和诋毁，闲来无事也会去娱乐消遣，在种种场所里打过滚，照着影视明星的穿着把自己打扮得很时髦。城乡妇女开始注意自己的形象，即使是常年和泥垢打交道的也会把头发染成金黄色的波浪滚，只有那些基本足不出户的上年纪的妇女们还在坚守着自己的审美标准。

很多人变得很富有，但只有在物质生活改变的基础上，精神生活的质量才会得到提高。管仲在相齐的时候，有一个特别精彩的论断：“仓廪实而知礼节，衣食足而知荣辱。”这段话对于今天的中国很有意义。你得先抓物质文明，然后再抓精神文明。饭都吃不起了，你还要叫他讲仁义道德，礼义廉耻，那是不可能的。穷山恶水，泼妇刁民，必然是相辅相成的。相反，生活越富裕的地方，精神文明程度也就越高。

现在，仇富心理在广大人群中逐渐扩散，下层人民甚至可以按照身份和地位来划分出不同的阶层，比自己高的得罪不起，比自己低的不随便欺负。他们开始从自己多年在外地遭受的经历中练就出一副“读书才是出路”的眼光考虑子女的未来，在重点中学的旁边购置房屋安家落户，宁愿放弃更好的赚钱机会也要因地制宜做个小生意谋求一家人的生活，顺便照管孩子。

去菜市场，经常会看见父母们为了几块钱的菜价和卖菜的小贩们斤斤计较；在他乡做工地的父亲因为长年累月的风吹日晒放假归来，在儿女们看来似乎瞬间就老了几岁，以为时光只是对穷人比较过分；偶尔还有几个十五六岁的小男孩刚从网吧或者溜冰场出来，在昏暗的街巷中看见谁不爽上去就是一顿，模仿影视中古惑仔的桥段把他们叛逆的性格发挥到极致；一些只能由年迈的祖父母照管的留守儿童又会因为各种各样的情况逃课、打架、上网；又或者是几个开出租车的本地人构成一个“团伙”，见外地人初来乍到便合计狠狠地敲诈人家一笔；更是精于左邻右舍之间的土地征占问题计算的妙法，以及如何高效应对城乡规划关于土地和房屋赔偿问题的四则运算……

三

其实，有时我想不明白，初高中的时候地理书上不是都讲过中国省市的分布吗？为什么不少的大学生还是不知道贵州在中国的什么地方？有的甚至还在纳闷贵州竟然是一个省。

贵州有些地方，曾被有关机构确定为不适宜人类居住的地方，一度跻身成为我国西南贫困带的核心区域。但稍把目光从这些词汇上移开，会惊奇地发现这里的常住人口和迁移到这里的人口超出了许多现代城市。

经历这么多灾难，长期戴上沉重的恶性循环枷锁，终于幡然醒悟，脚步不再迟缓，思想不再掏空，而把发展衡定于生态和生存的共赢，向国家和地方人民证明了一方水土哺育一方人民的能力。

诚然，贵州人走了不少弯路，灰头土脸，鼻青脸肿地重新抱住了开发扶贫的步伐，即便是剔除掺杂的水分，也可以开出一个长长的数据清单，生态总值大幅度提高，人口自然增长率减少，贫困人口急剧缩减，水土流失量减少，森林覆盖率相对增加，成功地将发展模式从救济输血型转变成自救造血型。

贵州确实沾了不少其他城市的光。外地人大多都知道历史名城遵义、避暑之都贵阳、江南煤海六盘水、世界遗产赤水丹霞、中国的酒都仁怀。

这几个城市把忙忙颠颠的现代差事，洒脱地交给邻居贵阳。

近几十年以来贵州在各方面都取得了很大进步，虽然出现一些我们不愿看到的很多怪象，一些历史遗留的问题还有待解决，但这些只是进步的产物，阻挡不了进步的大潮。

外地人对贵州人的评价，不能一概而论，这种观念完全是一个巨大的悖论，当你注视它的恶浊，它会腾起“耀眼”的光亮，当你膜拜它的伟力，它会转身过去让你仔细瞧瞧百般疮痍的民族墙。只要这种悖论推翻了这堵捍卫尊严的后墙，那么贵州人的野蛮就不无道理。贵州独特的民族文化，不仅仅是不胜枚举的山水林洞，因为单单大自然的文化，远远不能囊括整个文化。

四

任何一个地方，都不会只是呈现自己单方面的生命。可能曾经一度让贵州人感到欣慰的是中国共产党的第一次全国代表大会代表邓恩铭烈士；晚清名臣今贵州织金人丁宝桢；还有当之无愧的黔东南歌后阿幼朵、华为公司创始人任正非以及奥运冠军邹市明。

由此可以推想，假如他们在电视上看见很多名人说话带有贵州口音，就不会感到奇怪，不再觉得贵州口音比别的地方的话难听。

一个贵州人说的话另一个贵州人并不一定听得懂，不过一听就能基本辨别出来是贵州哪里的口音，特别是靠近湖南地区和四川地区两个地方的尤为明显。贵州人说话不像东北人那样简短明了，直接把要干的事情描述清楚，他们说正事之前一般都会有一定的铺陈，聊得差不多了以后才会进入正题。不过，贵州人也很有礼貌，即使是不熟的人见面也会相互寒暄一下。

每个地方都有一部分人会觉得家乡话太难听，模仿外地人说外地话，这实在是不应该的。总的来说，贵州人的语言往往具有新鲜性和独创性；但是，也正是这种观念低层次的呈现，也使得许多可喜的创造和观念显得比较单薄。其实大部分的贵州话只要说得慢一点外地人基本上都能够听懂，南方的贵州话比较接近普通话，只是声调不太准。

五

中国在近几十年的发展过程中，逐渐在很多阶层、地域、职业形成了许多不相传达的气圈，有的经过长年累月的堆积，有的只是形成雏形；有的通过精心构造，有的不过是无心插柳；有的来自于恩怨情仇，有的不过是外因调控；有的是自愿承认，有的被迫加入。这种气圈，无色透明，看似无形，实则有形，而且外壳非常坚硬，圈内已经形成固定的模式，圈外人一般难以破壳而入。

气圈范围划分非常自由，可以根据人的意向来随意改变，大到某种现象譬如文化气圈，小到仅是以家庭为单位来划分的姓氏气圈。很多专家学者甚至是平头百姓，街边的贩夫走卒都喜欢给某个气圈上的人贴上标签作鉴别和区别之用。

贵州下层社会中也有不少人喜欢议论别人的婆婆妈妈，即使他们知道这是一种令人讨厌的弊病，也有很多人总是喜欢管“闲事”。外地人眼中的贵州人比较散漫，一副事不关己的样子，贵州人的表面形态看起来更多的是懒散，但是遇到真正事来绝对是不含糊的，一个外地人是绝对不敢指着某个贵州人的脊梁骂人，这种自由散漫的状态更多的是建立在宽容的基础上。在贵州有不少地方，与这种宽容相抵触的是一种与封建统治长期相偎依的京兆心态。

从外地来的或者是贵州从上层社会上来为官的人，他们一直都分不清到底哪一种是百姓的“闲事”，哪一种是自己该管的正事，在他们心目中，凡是与自己的切身利益无关的都是闲事，这似乎是一种大范围的通病。贵州人很难在心里长久而又诚恳地臣服于某一个号令，崇拜某一个领导，过分地相信权威反而会使得他们不自在。很多下层百姓们不愿意让自己闲着，劳动从来就没有离开过他们的手脚。孩子和老人，都是让人觉得舒心的生物。不过，农村孩子过不够娇生惯养的生活，父母往往迫于生计把他们抛在家里，这不是一种丢弃，这不是一种狠心，这叫作生活的一部分。

理智的人总是试图去适应这个世界，不理智的人试图让世界来适应自己，然而社会的进步往往取决于那些不理智的人。这几年贵州的发展全国都有目共睹，尽管精神上的改观可能还不明显，但是至少我们可以看到了物质生活水平的提高。有钱了他们也开始学会享受生活，包养情人成为他们攀比财富和地位的一种方式，“豪赌”这个词也开始流行起来。

有幸听到开车的司机描述那些当官的赌钱的场景。他和另外一乘客闲聊时讲到当官的赌钱那可不得了，百姓赌钱再大也大不了哪儿去，官场的人赌钱那是相当阔绰。规则倒不繁琐，每人自备一个袋子，里面装的都是以摞为单位的红色大钞，然后约定好去老地方，选一种赌的方式，一局定胜负，赢了的就把袋子拿走。老百姓赌钱很少有这种豪爽，不过无论是哪种人，只要上了赌桌，不想方设法地输个精光是不会罢休的。

现代都市文明人的文明凭借着某种看得见的、看不见的贫富分水岭与他们隔着一个不相传达的气圈，所谓的竞争、烦恼、问题，发家致富、买车买房、顿顿营养，这些在他们的梦里也曾做过，也曾了解的。然而，需要改良和救渡的是那些过分文明的文明人，不是他们。需要急救，也需要根本调理的是我们大家的观念，一种对西方文明、农村文明、城市文明、传统文明的反思。而农村，真正需要的，是完全普及的、从根本上引起重视的教育。

最佳的脱贫方式，在于教育，这就是他们唯一赶不上城市的地方。倘能从根本上深入了解、普及教育、落实政策，把教育和培养的重心放在孩子一代，不能不说为他们开辟了一条新鲜的愉快的快速的致富路径。没有必要去改变他们的生活方式，摧残他们的平安，扰乱他们的平衡。

今天贵州人的人格结构，很多都是来自于百余年的超浓度贫穷以及不受重视中的遗留，贵州人的丑陋性，大多由此生发。直到今天，即使是很多贵州人中的佼佼者，很少有人会成为某个跨国公司的总裁，一群工人里面，包工头往往都是外地人，他们不愿意拿自己的前途轻易开玩笑，与得到相比，他们害怕得更多的是亏损和失去，从他们身上看到的是一如既往的实干精神。他们是在等一个机会，一个可以彻底翻身脱掉贫困的机会。

六

看来贫穷近乎变成了贵州人的代名词，这个“桂冠”贵州人以后都拿不掉了吗？可能这个问题要由外地人来回答。

贵州人韧钢的天性不会因为这种看似放诞的生活和中性的评价而有所损害，“穷”看起来似乎成了无法摆脱的符咒，色、情、酒、黄、赌、毒也曾经占据过他们的心灵，也曾在一段让人看起来无法理解的岁月里狂妄过很久，也曾在他们的婚姻和家族之间来回挑拨离间，但是这些并没有穿过性格的核心，有节制的贵州人会在他们该狂欢的年纪之后就会完全避开了它们，然后迅速恢复自己该呈现出来的精神面貌和状态。

贵州人整体的进步和发展的走向是没有受到损害的，性格的坚韧和本质的弹性都保持着良好的状态。他们对一切事物的安排都有着自己独特的处理方式，他们的“小资式”的江湖豪爽是外地人无可匹敌的，不像东北人略显鲁莽的大口吃肉大碗喝酒的豪爽，也赶不上江浙一带人的温文尔雅的生活风度，这种豪爽，敬畏的时候带着几分爽朗，交涉的时候带着几分大度，看起来不过分矫揉造作，坦荡自然。他们又可以在面对危急的突发事件时候能够同样镇定然后迅速团结起来，即使平时大多数人看起来更像一盘散沙，左邻右舍之间平时不相往来。

在这样一个基本和谐的环境中若说贵州人的某种成分特别突出的话，那便是一个贵州人处于最贫困阶段时候的淳朴。农村人进城买菜都少不了和人家斤斤计较，害怕买的东西缺斤少两，害怕买的东西不实用，货比三家。他们清楚，赚钱不易养家难，一次省一点，省下来的钱没准够给正在上初高中的孩子当作资料费，没准能寄给外省的女儿作为一个月的生活费；他们用着老一辈的方式爱着自己的儿女，即便是这种嘘寒问暖在儿女看来有点赘余；他们当然是热情好客的，因为热情好客本来就是他们的天性，三两个亲朋好友来家里拜访，他们会把家里最能拿得出手的东西拿出来招待客人，平时却不舍得怎么吃。看到匆忙的赶路者来家里讨口水喝他们也会欣然给予。

像所有的“逆来顺受”者一样，他们也有自己的信仰，企图通过佛教，基督教，甚至是在街巷之间摆摊设位卜卦的方外人士找到一种解决那些他们解决不了的事情，获得心灵上暂时的慰藉，无论是自己早就知道不可取还是一味信任高人指点的心态，比如，久病医治不愈、丈夫最近时运不济、儿女能否高中，把希望寄托在别人的身上总比没有希望好。

很多下层人民也很爱贪小便宜，逛街的时候买一件衣服要和人家砍价很久，即使那些衣服本来就不是很贵。或者是看见有人宣传，说是遵照上面的政策进行某某下乡，买了之后觉得实用帮他们企业宣传一下就可以退款，刚开始买的时候人们半信半疑，等到上一波人拿着收据来退款的时候，看到不仅可以得到东西而且真的可以退钱，顾客们就蜂拥而至，可是货物卖完以后，店铺就关门走人了，这些下层人民不会通过法律渠道来维护自己的权利，想到自己拿到东西了，虽然不值那么多钱，但是多一事不如少一事，这件事就此终了。

七

不过，即便是贫穷，他们在孩子上学的花费方面总是尽可能做到更好。确实，没有不爱儿女的父母，即使有的在方式上看起来有点异于常人，这些年受到现代文明和空间时间差异的冲击而出现了一系列的怪象：正处于叛逆期的孩子实在难以管教，父母会用打骂的方式而不是叫孩子坐下来和气解决；小孩子走路难免磕磕碰碰，正常的教育方式是教导他要自己克服困难然后勇敢地爬起来而不只是去责怪绊倒的石头；可能你在菜市场看见穿着平常并热衷于讨价还价的农民其实是百万富翁；可能看见穿着光鲜的父母常常游历于风月场所以为家财万贯却没想到家里的儿女和父母还为柴米油盐感到发愁。

这些年，贵州人开始变得不安稳，精明比不上上海人，赚钱比不上温州人，打架又比不过东北人。很多外地的厂商和老板都腰囊鼓鼓地走进贵州，贵州人也就是傻傻地看着他们，并没有自惭形秽，他们大概是受不了外地人的颐指气使，也开始勤奋起来，他们更加不想戴上贫困这顶高帽。于是，随处可见左邻右舍在某家门口玩麻将打发时间，或者就是一群各年龄段的女人们每天六七点去跳广场舞，经济条件再不好的也想把日子过得滋润一些，不过滋润的同时应该把更多的时间放在孩子的教育和成长上面。

我们会反思，农村人里面市侩小民的形态和城市人的骄奢淫逸是不是在慢慢的磨合中画上等号，是不是我们大多数人所操守的文化和继承的传统会被这种风气所打破？其实不是，贵州始终都是朝着一个多民族的文化融合方向发展的，那些风气始终抵挡不了发展的趋势，在前进的路途上不过是螳臂当车。

贵州这么多个民族，遇到过的事情太多了，究竟是一种什么契机，撞击出了这种传统的文明？它已紧缠着我们走了好一程，会不会继续连接着贵州人的命脉走到每一辈人生命的尽头？

如果，人们能从地理的走向上面深入了解时间的走向，那么你就会理解：失落了夜郎古国的文明就会失掉中国文明构成的一个部分，失落了贵州人多民族一体化的价值，那将会是全民族的悲哀。

给妈妈的一封信

妈妈：

这封信我写了几年，估计每年都得添进一些内容，如今我都参加工作了。

今天又是母亲节，舍友在床上和他的妈妈畅快地视频聊天。好久没有给你写信了，其实从未写过，这是第一封，没想我竟然会采用书信的方式和你交流。你走了一年多我就高考了，本来我是从不信高考失利和你的离去有关系的，后来年长了我渐渐地相信了这个事实。

大一刚来上大学的时候，是三伯送我来的，待了一个上午他就走了，走的那一晚我就躲在被窝里面哭。要留下我一个人独自在这个陌生的城市生活四年，这本来没有什么，独立生活是我的本领，高中的时候在学校寄宿三年，大学四年应该没多大问题，可这回不一样，要让我这个恋乡思归的学子去适应两处的文化差异是多么的艰难。刚来的时候我甚至不敢和宿舍的同学交流，这边人说的是普通话，我习惯了说家乡话，以至于几天没敢开口，花了几个月的时间才基本适应这边的生活。

我不知道你的心里是否还有爸爸，还有我们？这几年我一共就见过他几次，过年，寒假，暑假。我们之间也很少通电话，提起电话开口的第一句话总不会超出下面的内容："爸，我没钱了。""爸，我们这边的天气变冷了，多打一点钱给我买一件厚的衣服吧！""爸，注意身体，少喝酒。"他的回答也是一成不变的："要多少，一千够吗？""我打在你的卡上了，查一下收到了没有？""我们还没发工资，下个月六号发工资了打给你行吗？""我这里没有，你问问你弟那里有没？"接着，两父子沉默一会儿，确认对方都没有话说以后就把电话给挂掉。

至于爸爸这几年做什么，我也不太清楚，听奶奶说过他在某家公司当保安，一个月的工资两千，除了一个月花在抽烟和喝酒上面的费用之外，就所剩无几了，叔叔几次叫他回去几兄弟一起承包工地，奶奶叫他回来，当保安一个月一两千赚不了什么钱，他才四十几岁，还有力气，要不了几年欠的债就可以还清了，总不至于每次开学凑学费的时候拿不出钱来，也不至于害怕追债有家不敢回，最终，固执的爸爸还是继续做他的保安。

其实我也想多给他打一些电话的，毕竟我长这么大了两父子之间没有什么好隐瞒的，但是每次拿起电话正要拨通的时候就给挂掉，心里想着何必让他牵挂呢。每年的母亲节，舍友们都打电话纷纷向自己的妈妈献出自己的祝福，我何尝不想拿起电话发个短信给你呢？可是没有任何联系方式，即使有也联系不到你。我打过电话给几个婶娘，他们说："你娘不在，我们几个就是你的娘，你就是我们几个的儿子"，隔一段时间都会问我在这边生活得好不好之类的话，我的回答总是很生硬："我很好，请放心。"

我去过几回学校的收发室，企图能从里面找到你寄来的信，这种想法未免有点异想天开。因为你不知道我在哪里上大学，我也从没有成功地寄信出去，收发室的阿姨叫我填上收信人的电话和收信地址，我说不知道，她说不知道你寄给谁，后来就把我轰出来了。我记得我拿到录取通知书时，伯伯他们给我办了升学酒，请了内亲外戚吃个饭，凑了七千块钱，当时来的人有你的号码，伯伯们叫她打电话给你说一下我考上了大学，问你是要男人还是要儿子，我们围在旁边听着，你说："儿子我又不是生不了。"后来，你就把电话挂了，再也打不通了。确实，我连你住在哪里都不知道，又怎么能收到你的回信呢。

去年，我听奶奶说有人看见你在我们县城里的街上，你怎么不去家里一趟？奶奶和他们都很想你，你只是悄悄地打电话给妹妹，也不知道你在哪里得到的号码，她送你去新车站上车之后回来受到家里人的逼问，无论如何就是死活不说你的任何信息，所以，在大多数人甚至是父亲看来，她是一定知道你的消息的，只是一点都不跟我们说。

再后来，我上 QQ 的时候看见你加我为好友，备注是妈妈。我们一共聊了两次，第一次你问我要了一张现在我的照片，我把在学生会开会的正装照给你发了过去，你说应儿长大了，现在是大人了。你用"妈妈还是原来的样子"这句话来回绝我要你照片的请求，第二次聊天，我问你什么时候回家，你说现在还不是时候，正在福建装修房子，还发了几张装修一个二手套房的照片给我看，你还说装修好了以后就回家来接我们三兄妹过去，我满怀希望地告诉了奶奶，期待着假期赶紧到来，盼望着一家人团聚。可是，后来，你就没有上线过，奶奶怀疑你被你的男人发现了。

今年寒假我回去过年了，家里还是像往常一样，奶奶的身体大不如前，血压又高，腿脚已经不灵活了，可是她依旧无时无刻操心着我。我来学校之前妹妹回来一趟，无意中翻开她的通话记录有你的号码，当时我没有记下，只是我听说，你是和她一起来的，怎么你来了也不来送送我，看看奶奶？她一直咳嗽，挂念着你。我走的时候，她悄悄地塞给我凑了好几个月用的三千块钱，可是，给我钱的时候，她已经咳嗽了几天了，因为怕花钱她才迟迟不去医院输液。

父亲说他这几个月一直生病，花了一万多，保安工资太低了，他想去广东闯闯，所以这回我上学他并没有钱给我，我能理解。倒是弟弟，去上班之前取了两千给我，他说要存钱买房子了，叫我省一点，他才十九岁。

你走之后弟弟就被送到一个亲戚那里学技术，再过一阵子就能学成出来，几个叔伯支持他开一间自己的店。妹妹就比较调皮，因为她几次外出未归导致叔叔婶娘打架，现在一个人跑出去，杳无音讯，打通她的电话她立即就挂了，偶尔回来一趟，待不了两天就走，大人们说赶紧给她找个婆家，我一直阻止，她还没成年呢。奶奶年纪大了，身体每况愈下，爷爷过世，也没有回来一趟。

妈妈，这两年我在学校生活得还算好，至少没有生过什么大病，我基本上适应了这边的生活，能够找到两三个谈心的朋友，你的儿子性格比较孤傲，内心常常和外界不协调，往前走的时候，觉得自己非同寻常，可是回头一看，却没有什么不同之处，就是一个凡夫俗子。

你的儿子即将毕业，对于很多家长来讲，这是一件令人喜悦的事情，因为儿女即将踏入社会，去适应另一种生活。毕业典礼那天，一定和儿女一起分享这种喜悦，可是我只能悄悄地盼望着。你和爸爸，大概只是知道我在什么地方上学，可能你连我在哪座城市都不知道。我幻想着，如果你们在我毕业的那天出现，我会相当高兴的，我穿着学士服，跟你们一起合照，然后带着你们一起走遍这个城市的好地方。

前段时间是我们学校的招聘月，很多同学陆续出去面试、实习、工作，而我却整天待在宿舍埋头写作。你知道，儿子的爱好是文学，这是他一辈子为之消耗美妙情感的趣事。宿舍楼道里的人越来越少，我感到特别慌，他们已经开始挣钱，而我像个不孝的孩子一样安然而又焦虑地待着。幸好，学校的奖学金发了下来，我不至于开口向家里要钱。作为家里的长子，唯一读书的大哥，我竟常常欣然接受弟弟和妹妹的无私给予。妹妹问我："哥，你还有钱没？"我说有的，其实我已经向同学借钱度日了。然后妹妹隔三差五地转钱给我，一次一百，一次两百。我难以开口，她也知道我的性格，要知道，她才十七岁。

妈妈，这简单的两个字，自从你走后，我六年来很少说过，我甚至已经忘了它们是怎么发音的。跟别人聊到这个话题时，我心里都不是滋味，仿佛它们已经与我无关了。

你的儿子，是个感性的人，表面看起来有一层坚硬的壳，但是内心是极其脆弱的，这大概是缺少母爱的一种表现。你出走的时候，我已经十五岁了，可是弟弟和妹妹比我小啊！我不敢相信，他们身上的壳比我厚了多少。我还算是比较多话的，常常在同学们面前笑得前俯后仰，但笑得最没心没肺的人，内心是最痛苦的。弟弟这几年已变得沉默寡言了，我很少看见他笑过。不，是一次都没有。

以前，我不懂一个初中毕业就出去闯的小男孩，经历是怎样的惨淡。对此我深感愧疚，他本来可以继续上学的，但是把机会让给了我，因为当年我快要高考了，爸爸负担我一个已经超负荷了。过早地踏入社会的人，常常比同龄的人看起来年老一些。有人来奶奶家的时候，客人指着弟弟问奶奶："这位是哥哥吧！"奶奶笑着说："不是，那个才是，读书人长得清秀一些。"我的心里，像是针扎一样。

妈妈，我们三个孩子缺少你的爱，身体像刺猬一样不想接近任何人，要么大笑，要么深刻孤独。我倒还好，至少懂的东西比弟弟妹妹多一些，即便他们比我早几年踏入社会。

我把之前写给你的信发表出去，很多人看得掉泪，我是多么希望你是其中之一。前年，一位新乡的阿姨看了，她说愿意认我作干儿子，叫我毕业去她家，我始终没去。从去年起，我在网络上认识了另外一位认我作干儿子的人。她也有儿女，好几个，是个喜欢文学的阿姨。她是真的关心我，常常给我发红包，塞二十元说："儿子，今天去吃一碗牛肉面吧！"天气逐渐冷了，她给她儿女们买秋裤的时候，她又说："儿子，告诉我你的身高，我给你买一套寄过去。"我拒绝了，骗她说我已经买了。

她把认我做干儿子的事情公布出去，并说以后只要我有困难，只要我开口，她便全力以赴。我相信她，因为她是一个坚强的女人，值得我尊敬的"妈妈"，但是我始终没有开口叫过她，聊天打字时也没有。如果你回来了，一定要认识这位阿姨。她的名字，叫郑安蓉。

爸爸最近给我打电话，我问他打算怎样处理你们的关系，他毫不留情地说，"等你有了工作，我再去告她，让她坐牢去。"然后半分钟我一句话都没说，他也没说，我把电话挂了。后来，他发短信给我，"应儿，要是你们同意她回来，那我一切以你们为主，不离婚。"

妈妈，妹妹跟我说你已经回来了，我欣喜若狂。我叫她给我发一张你的照片，或者给我你的号码，她没有给。她说你现在住院，她瞒着奶奶他们，谎称去医院看朋友，其实是照顾你，你怎么不打电话给我呢？

妹妹告诉我你有我的电话，第二天一定会给我打电话的。我等了一天，电话始终没有响过，我跟妹妹说，“你给我号码，我打过去，”但我随即又说，“算了，不用了，你给我之后，我不知道第一句话说什么，我肯定会哭出来的。”这几年我憋在心里的话和疑问，一到关键时刻我都记不起来。

前几天是我的生日，算一算，现在我二十一岁了，他们都说，你的几个孩子多么有出息，你以后会后悔的，等你的孩子长到我这个年纪时，你已经六十多岁了。妈妈，是不是真的只要我闯出一番事业出来，你便回来？或者，你现在已经后悔了，只是碍于情面不便回家？

其实，这些我都不在乎，只要你回来，所有的谣言，所有的诋毁，便会不攻自破。

妈妈，我马上要毕业了，我是希望毕业前你能回来，看看这几年来儿子的成长，你们离婚也未尝不可，只要你不走，只要你回来，我愿折去三分之一的寿命。

妈妈，夜已至深，天也转凉，请为孩儿多披上一件衣服。我企图通过这种沟通方式相互慰藉跨越千里长的思念，希望能收到你的回信。

你的儿子

2016 年冬

妈妈的一封信（代序）

应儿，我亲爱的儿子，我们已有五年多没见了吧？没有家庭，对时间的计算竟然变得相当敏感。奶奶的身体还好吗？家里一切都还好吧？最近学业进步了吗？听说你早就考上大学了，恭喜你，终于实现了自己的理想。妈妈以你为荣，你是妈妈的骄傲。自从上次见你一面之后，这五年多以来，我不记得多少次从梦中哭醒，多少次梦见了弟弟和妹妹，我的心就没有一天安静过，怕你过得不好，怕你没有钱花，怕你想妈妈，更担心你难以适应大学里的生活，毕竟你还是第一次离家这么远，但是我对你充满信心，物质上的缺乏，气候的骤变，这些都会影响你求学探索的心。

离开你们，我也是经过了多次的考虑，很多个夜晚我都没有合眼，最后，我还是收住了频频掉落的眼泪，选择了悄悄地离开。孩子，你知道妈妈的心里是如何的矛盾，如何的辛酸？请原谅我，在你们正需要爱需要呵护的时候离开了你们。但是，儿子，请相信，天底下没有哪个母亲不疼爱自己儿子的。我选择了离开，并不是妈妈狠心，而是我实在无法继续这种生活，自从你爸爸做生意亏本以后，他整天不务正业，经常酗酒，并且沉溺于其中，每次回家我都没有安生日子过，和我吵架，有时候还会动手动脚，我无法忍受这种生活，本来当初我想离婚的，可是那个时候你快要参加高考了，所以我一直没有在你的面前提及，后来，这种情况继续恶化，你父亲变本加厉朝我发泄。

孩子，虽然妈妈不在你的身边，但是，你和弟弟妹妹永远装在我心里。可能，我们无法携手共度人生的漫漫岁月，以后的路，就靠你们自己去走了。我不敢想象，没有母亲的孩子是怎么生活的。重重的叮咛，深深的祝福，难表妈妈的心声，我的儿子，愿你能幸福快乐，直到永远永远。

儿子，你知道吗？当初我走的时候，我悄悄地把你们的照片也带走了，现在一直在我的身边保存着，我想你们的时候就会偷偷地拿出来看看你们的样子，妈妈的心里有多疼。离开后的一年，我曾打电话给你，几次你没接，你恨我，我能理解。听别人说，在我离开以后，你爸爸发疯地满世界找我，我很感动，但请原谅妈妈的无情，第一次他摸索到我这里，拉我上火车，就是一顿毒打，后来我就逃回去了。你爸爸是一个好人，这十多年以来，从未舍得让我一个人出去吃苦受累，无论他多苦，多累，都没有埋怨，妈妈一直都是待在家里带着你们几个孩子，那段时光，即使过得很平淡，即使贫穷，我觉得我是世界上最幸福的女人，我毫无怨言。可是，近几年来，妈妈也不知道他怎么就变了，变得我都不认识了，对这个家庭不管不问，还在外面乱搞，吃喝嫖赌，样样精通，脾气愈加暴躁，致使我无法忍受，忍痛离开。

我想，村里的很多人一定对我有很多非议。毕竟未离婚的女人在外面重新组建了自己的家庭是很不合常理的，你也可能很恨我，这我能理解。其实，我也常常问自己，为什么当初在最困难的时候选择了逃避，选择了离开自己的丈夫和儿女呢？十来万的债务全部压在你爸爸的头上，四年必不可少的学费和生活费我一样都没有承担。是我，是妈妈，让你们没有了娘，没有了家，没有了依靠，我很自责，内疚，矛盾，惭愧。

后来，当我得知弟弟和妹妹因为你爸爸没钱支付学费而辍学，你常常忧心于每个月的生活费，开学之际，因为学费问题你常常愁眉不展。一下子就让你过早承受这些压力，我的心几乎都要碎了，你们才多大啊！十几岁，从此就在心里蒙上了一层阴影，几年，几十年，甚至一辈子都抹不去。我不知道，该如何规划我接下来的人生，该如何无愧地过完下辈子。孩子，请接受妈妈最真诚的道歉，祝福和祈祷。

每当我回到我的另一个家，走进空寂的房子，看着我的另外一个孩子，我就想起了妹妹，弟弟和你。你们都很孝顺，都很懂事，虽然没有了娘，你们没有自暴自弃，你如愿以偿考上了大学，弟弟在一家广告公司努力工作，妹妹还小，和奶奶待在家里吧？总有一天，你们会长大的，会重新撑起这个家的，这点妈妈绝对相信。

爷爷过世我都没敢回去，奶奶的年纪大了，你们和奶奶生活在一起，不要胡闹，不要调皮，更不用担心我，妈妈一直生活得很好。

儿子，妈妈这一生做得最错的事，就是欠你们太多。如果可能，我一定会回到你们的身边，如果无缘，就恕妈妈无情。

夜已很深，初秋的夜已有寒意，请为妈妈多披上一件外衣，珍重复珍重，千言万语，难以诉清妈妈的心语，愿你学业进步，身体健康。

妈妈

后记：写在后面的话

一、出版经历

首先，感谢薛双月、杨猛、唐佳雯、牟芯影、赵士魁、刘杨培、李文豪、华稳稳、陈丽婷、陈建琴、王超、蔡国丽、杨晓彤、彭书雅等好友为我提供素材和故事，特别感谢姜友智、李玉梅、成君红三人在我创作期间的大力支持，谨以此书献给他们。

出版一本纸质书是很多作者的梦想，有的人甚至把这个作为划定某人为作家的标准，尽管纸质书市场越来越不景气了。下完这个结论，顿觉一惊，那些写纯文学的名家大家们不照样卖得很火吗？确实，人家的名气摆在那里了，而名气可以说是销量的保证。对于很多“文学小白”来说，销量始终是一个头疼的问题。应该说，并没有卖不出去的书籍，只有不会营销的推手，这也就是为什么很多卖得很火的书籍质量并不怎么样，而有的质量很高的作品却无人问津。

当我反复修改自己的作品，修改到竟然有种比某些“名家”写得好的感觉时，觉得可以拿出手了，满怀信心地向很多知名出版社投稿，没想到处处碰壁，基本上都是石沉大海，有的编辑回复说：“我们只出版音乐作品，抱歉。”可是后来我发现他们出版与我写的同类作品也不少；有的编辑倒也直截了当，“非名家的作品我们不出，而且我们不是你有钱就能出的”。我特别纳闷，难道现在出版作品都惟名气马首是瞻了吗？碰壁几次之后，觉得他们这样做是有道理的，你一个初出茅庐的作者拿什么保证销量，卖不出去他们就要饿死了。所以我干脆降低标准，其实我没有什么标准，只要能出版不让我掏钱就可以。

终于，因为我的某篇文章被编辑看中，找到了我，签约出版，第一本书当然是无稿酬的，编辑对我说出版第一本攒点儿名气。能出版我已经谢天谢地了，哪还在乎什么稿酬。花了整整一年的时间，那本书像一个在母腹待了很久的孩子一样出世了，这其中的等待、焦灼、辛酸只有经历过的人才会懂，戏剧性的是，当初编辑看中的那篇文章却没有被收录进去，编辑说写得太实际了，如果放进去是过不了审的。第一本书就这样出版了，某位评论家说道：“现如今，能够坚守纯文学创作的作家不多了，青年作家尤其难能可贵。所以，当作者提出让我推荐并作序的时候，我不揣浅陋一口答应了，算是对这份坚守的一种支持。”

二、文学梦想

跟三个外地的朋友侃天说地，信马由缰，围在一起聊得兴致勃勃。聊到以后出路的话题时，我说：“可能讲出来你们都会笑我，我一直有个梦想，想把我们家乡发展起来，把我们那边的文学做起来。”一位朋友说：“农村家庭培养出一个大学生不容易啊，四年要花多少钱。”另一个朋友说：“讲真的，你能从你们那边出来上大学已经是不错了，至少你和他们不一样，你以后肯定不会去搬砖，不可能去当农民了。”“安静地找个工作，然后买一套房子，你们那边一套房子也不贵，不比这边……”

我们没完没了地讨论了一个多小时，每引出一个新的话题大家都会思考，虽然考虑的时间不长，脱口而出的往往是最接近心里的真实想法。我一直关注着我们那边的青年，因为我也是这个群体中的一个。难道我真的从那边的垄沟里被举出来了吗？恐怕这个答案我自己说了不算，他们说了也不算。

我很认真地考虑过就业去向，曾经权衡是否会走写作这条路，然而事实是我向现实妥协了。虽然刚参加工作不久，我还清晰地记得毕业前的各种故事。

现在已经成了一个名副其实的上班族，工作与码字多少有些关系，但和文艺创作完全不一样。有时甚至怀疑自己的决策是否正确，但确实是回不去了，只能勇敢地向前走去。

读大四时，进入实习阶段，快临近毕业，我才发现自己就要真正地踏入社会了，随之而来的一系列问题让我不得不慎重考虑和裁决，害怕即将变成自己年幼时所不悦的那种为了生活终日奔波劳碌的世俗之人。

面临就业，我想起了朱光潜先生写的一段话：“就了职业就用于职业，正当的工作消磨了二三分光阴，人事的应付消磨了七八分光阴，他们所学的原来就不坚实，能力不够，自然就做不出什么真正的事业来，时间和环境又不允许他们继续研究，不久他们原来的那一点浅薄的学问就业逐渐荒疏，终身只是在忙‘糊口’……”

身边的朋友们大多数都是这样的人。人和其他动物是一样的，都有一定的性质，食色，性也。食是吃饭，解决温饱，为了生存，色要解决发展的问题，很多人用一辈子的时间来践行这两个信条。而且，人不光是为了自己而活，也得为了别人而活，为别人活得越多，为自己活得就越少，这种人的“德”和“好”的程度就越高。

人不是一个独立存在的个体，特殊的除外，都有父母和子女。所以，很多时候，我们不得不为了生活而放弃自己的兴趣，说大一点，叫放弃梦想。

还好我现在并没有沦为这样的人，但是环境一而再再而三地逼迫我放弃兴趣。高中的时候分班，老师说，如果文理都行的学生果断选理科，理科特别容易就业，于是顺利地学了理科，高考的时候填志愿，家里穷，根本就不曾想过要走写作这条路，看到哪个专业出来就业率高、工资高，就填了哪个。

本想为了自己的兴趣，果断地去追求一次，兴致勃勃地向老师坦言自己喜欢的是文学，喜欢写作，希望能给我一个机会考研，继续深造。我以为自己能说服老师，没想到被老师说服了。一连串的问题劈头盖脸而来，“你有考虑过跨类别考研能考这个问题吗？”“目前这个专业挺好的，出来容易就业。兴趣是兴趣，现实是现实，你得先养活你自己，才能去考虑梦想。”“既然你已经走到这步了，证明你还是适合这个专业的。”“你能放弃家庭，随心所欲地干你想干的事情吗？”

老师是为了学校的就业率考虑，这并不假，老师是为了我好，也说得过去。这样一来，我的一生肯定会非常平凡地溜过去，活了二十多年，我发现自己除了在写作方面还有些天赋之外，没有发现别的了。毕业之后，如果我不坚持我的梦想，在我不喜欢的事情上耗完一辈子，那我不会有什么建树。

我不知道听到过多少遍这样重复的话：“有梦想是好事，但文学不好就业啊，你得先找一份工作养活你自己，稳定下来，再去追你的梦想，写你的文章。”这话来自关心我的好友，一听觉得挺有道理，但等我真正地静下来反思，很多人本来是有梦想的，正是因为干一份自己不喜欢的工作，消磨掉了自己的大部分时间，等到自己不再为生活到处奔波，再来追逐梦想时，兴趣也就不剩多少了。

这个过程中，我可能会因为生活的压迫和地位钱财的引诱，极有可能从对未来充满斗志的青年变成某个行业的裁决者，把原来仅有的那一点纯真的理想和品行消磨得一干二净，填满我内心的是不安和自责。刚开始，我们都是充满斗志的理想青年，想象着自己有一天会成为某个行业的佼佼者，发誓一定要改造社会，过了几年，发现社会实在复杂，意志力和生活的压力相持不下，一直在平衡两者之间的关系，等到意志力被消磨，理想屈服于现实的时候，我们就不可能改造社会，而是被社会改造，被不良风气腐化了。

三、面对现实

我们的童年，大体都一样，我们是小孩子，像别的小孩子一样，有一个小孩子的要求，然而父母对我们要求却是大人的要求，而且十之八九都达不到他们的要求。父母总是希望我们当官当有钱人，这其实不是我们的梦想，而是他们的梦想，他们想我们当官，是因为当官对他们有好处，对我们有好处，或者是当官有好处，让我们当有钱人，是因为他们过够了穷日子，不希望我们重蹈覆辙，比他们有出息。

有出息的毕竟寥寥无几，等我们从小孩子变成了大人，我们可能渐渐忘却了小时候的梦想，有了孩子，也同样地要求孩子。年轻时候没有实现的理想，老了之后便躲在一个角落，让自己的儿子来替自己实现，我们总是喜欢把责任推给站在台上的人，但有没有想过那些站在台上的人年轻的时候也向我们一样推卸过责任，这样一代推一代，是要推到什么时候呢？

做自己喜欢的事情，无论多么辛苦都觉得有意义，做自己不喜欢的事情，无论多么清闲都提不起任何兴趣。“文章憎命达”，文章写得好的人，命运不一定会亨通，命运亨通的人，文章写得不一定好。

偶然中翻出了以前写的那些文字，反复仔细地翻阅了几遍，觉得还是有一点可笑，但确实佩服自己年少的勇气，后来，远处求学，结交朋友，增长见识，才发现童年的梦想多么遥远。习惯了自己磨一砚墨，铺一张纸，学着古人，在一曲凝思中，将万千心事付诸笔端。将我那些散佚的文字，缀成一线天光。生活的不快，在我的文字面前就是一个配角。

一个作家的生活如果相当平常，没有什么波澜，那么这位作家经常是写不出来一篇好文章的，即便是编出来了也很费劲。每天都是重复性的操作：上班、下班、开会、上课、见客，一天就结束了，要是职业与写作相关的还好一些，职业和写作不沾边的更为艰难。平淡如水的生活很难有灵感，没有什么想写的迫切的欲望。但有例外，很多作者特别喜欢这种生活，平凡的生活和安静的环境能让自己的头脑清醒，所以，他们常常潜伏在深夜里构思和写作。

我算是例外中的例外，在安静和嘈杂的环境，平凡与波澜的生活中我都能写上一点的，只是很多时候写出的文章味同嚼蜡，像是在复制别的作家的风格。心情不好的时候难免要无病呻吟，有病呻吟的时候也吼上几句，过段时间再来看看这些文章，第一感觉就是：“都是什么鬼！”

我喜欢写散文，不会写小说，现在也写不了小说，试着写过几篇，自己都不愿意去读。一则我不喜欢虚构，二则写小说必须对人生、生活和人性的揣摩相当透彻。诗歌就更写不了，没有诗性的思维，格律也极为讲究。我一直想象着，先写几年的散文，再写几年的诗歌，最后写小说去。要是小说卖得畅销，改编成影视剧本，那我就赚大发了，作家的最终追求，都是如此吗？

不过，写散文也不容易。很多人认为散文在于一个“散”字，信马由缰，收放自如，圆通灵活。散文容易写，但写得好相当不易。有的散文读起来枯燥无味，单调窘迫。毫不客气地讲，我模仿过很多人的散文，写到现在都不知道自己是否形成了我的风格。不像有的作家，比如鲁迅，他的文章，只要读上几句，大概就能猜到是他写的，辨认起来，一点也不含糊。

一转眼，大学已经毕业，上了十六年的学，其实没学到什么知识，只是懂得了一些道理，能够明辨是非。十六年用过的教材装起来有几麻袋，高价买进来，低价卖给收废品的。老师们教的东西是不少，但是生活中用得上的知识不多；我看过的书也不少，但是真正看完的也不多。

一个人来到这个世界上，总要实现一点价值。生活从来就不缺少美丽，无论你是达官显贵，还是平头百姓，只要肯用心观察、深切体会，我们周围，其实到处潜伏着蓬勃的生命和意想不到的美丽。

但愿，我能坚持写下去，直到死去。